그를 만나고 말 테다!

그를 만나고 말 테다!

안소연 에세이

문학의 문학

스무 살은……

아니, 우리 생의 모든 순간은

기억되는 한 영원히 존재한다.

스무 살의 그녀는,

아니, 우리 모두는

여전히 찬란하게 거기에 있다.

차례

책을 시작하며

모든 것은 P의 이 한마디에서 비롯되었다.

"그런데…. 그 사람이 사장님을 좋아한대."

뭐, 그럴 수도 있다. 아름다운 30대 후반의 이혼녀가 자기가 다니는 직장의 상사를 짝사랑할 수도 있다. 그 사람이 유부남인데도 말이다. 뭐 그 정도까지는 가끔 봐왔던 스토리가 아닌가. 그러나 그녀의 사장님은 자신을 그 회사에 취직시켜 준 사촌언니의 남편이었다. 사촌 형부라…

P는 원치도 않는 비밀을 알게 되었고 또 그걸 지켜야 하는 이중고에 시달리다 '임금님 귀는 당나귀 귀~~!'하고 외쳐버린 거였다. 나는 P에게 내가 할 수 있는 한의 조언을 했다. 대화에 동참

한 나머지 멤버 P1 또한 거들었다. 그러다 주제는 자연스럽게 온갖 종류의 연애 얘기로 흘러갔다.

사랑은, 연애는 언제나 누구에게나 달콤한 주제다. 내 직업인 성우의 세계에서는 밥줄과도 직결되어 있다. 로맨스가 없는 극이 거의 존재하지 않기 때문이다.

"넌 연애도 한 번 못 해봤니?"

"시집가서 애 한 번 낳고 그걸 키워봐야 인생도 알고 목청도 트이지."

전속 성우 시절, 선배들의 충고를 귀 아프게 들으며 온갖 촉각을 곤두세우고 연구하고 골몰했던 주제 '연애'에 대한 나의 25년 내공이 그 자리에서 방언처럼 터져나왔다.

"와아~, 언니, 연애에 대해서 글을 한 번 써봐요."

P7가 말했다.

"그래, 그래, 한 번 써봐."

P1도 말했다.

-투데이 신문 연재의 변에서-

투데이 신문에 연애 칼럼 <안소연의 그린라이트>를 연재하게 된 사연이다. 그 칼럼들을 모아 약간의 수정과 덧살도 붙여서 책을 내기로 하고 제목을 고민하다 그날 P에게 들은 이야기로 탄생한 <말 못 할 사내를 가슴에 품다>와 첫 화가 되어 준 <그를 만나고 말 테다!>를 놓고 고민을 조금 했다. 그린라이트가 세상에 태어나게 된 이야기를 제목으로 할 것인가, 사랑의 진취적 기상을 노래한 첫 번째 이야기를 고를 것인가? 결국 선택은 출판사의 몫.

사람들은 살아있는 한 누군가를 사랑한다.

나도 그랬고 그도 그렇고 당신도 그렇다.

정답은 없지만, 이미 너무 많은 사람들이 이야기해 온 주제이지만 주책없이 쓰고 싶었다.

우리가 운명처럼 여겼던 사랑이 결국 유전자의 장난일 뿐이라고 해도 말이다.

사랑은 아무것도 아닌 나를 빛나게 해주는 것.

그 빛나던 순간의 기억과 거기서 얻은 작은 깨달음들을 이 책에 담았다. 단 한 분이라도 나보다는 덜 질척거리고 덜 비틀거리면서 사랑을 만들고 지키고 또 때로는 지워버리실 수 있기를 바라면서…

그를 만나고 말 테다!

까짓 삐삐쯤 맘만 먹으면 마련할 수 있었다. 천문학적인 가격을 자랑하던 벽돌 핸드폰과는 달리 작고 가볍고 합리적인 가격의 물건이었으니까. 문제는 내가 속한 집단이었다. 당시의 KBS 성우 극회실은 선후배간 군기만 놓고 보면 아나운서실, 개그맨실쯤은 우스운 곳이었다. 그러니 아직 삐삐가 없는 선배들이 그득한 상황에서 막내 전속 기수가 허리춤에 삐삐를 찬다는 것은 '제 남은 인생 좀 팍팍 짓밟아주세요'라고 만방에 애걸하는 자해 행위와 같았다.

예나 지금이나 -〈왕의 남자〉 시대의 광대 공길이나 오늘날 연예기획사의 연습생들이나- 예인 藝人 집단의 신입은 단 한 가지 공통된 지침을 하달받는다.

'절대 튀지 말라'

타고난 피가 일반인과 달라 그런 집단에 들어온 이들에게 '절대 튀지 말라'니! 어쨌든 나는 튀어서는 안 되었고 하물며 입사 직후부터 연애질이나 한다는 손가락질만은 받고 싶지 않았다. 그러나! 그럼에도 불구하고 나는 그와 만나야만 했고 그러기 위해선 연락할 방법을 찾아야 했다.

어쩌나 어쩌나….

그러다 도서관을 생각해 냈다. KBS 본관 1층의 자그마한, 그러나 깊은 우물 속처럼 고요하고 고요하고 또 으슥했던 도서관. 다행히 그는 책읽기를 좋아한다고 했다. 우리는 절대, 아무도 빌려보지 않을 것 같은 두터운 책을 한 권 정해 번갈아가며 쪽지를 끼워 넣었다.

"본 로 5~4 11:25 지하?"

'11시 25분, 로비에서 가까운 본관 5층과 4층 사이 계단에서 우연인 척 만나 함께 지하 1층에 있는 구내식당에 가면 어때?'라는 뜻이다. 만약 사정이 있어 그 시간에 갈 수 없다면 또다시 쪽지로 답을 해야만 했다.

그때 그와 나눈 쪽지는 한 장도 남아 있지 않다. 두 사람의 손

때로 차츰 길들어져 갔던, 지금은 제목도 기억나지 않는 그 두터운 책의 묵지근한 느낌, 약속된 페이지를 찾아 책장을 넘길 때 적막한 도서관에 주책없이 울려 퍼지던 내 심장의 쿵쿵 소리만이 아련하다.

어쩌면 세월이라는 편집의 달인이 조바심 내며 안달하던 기억은 지워버리고 달달했던 기억만 남겨둔지도 모르지만 아무렴 어떤가. 25년이 흐른 지금, 나는 그렇게 믿는다. 그때 나는 무지하게 행복했다고.
상대가 누구였건 사랑에 막 빠져든 순간만큼 행복한 때는 없다. 그러니 그들이 준 아픔조차도 감사해야 하며, 혹여 내가 준 상처가 있다 해도 그 또한 용서받아 마땅하다고 여긴다.

지난 20~30년 동안 참 많은 것이 변하고 편리해졌다. 심지어 스마트폰이라는 요물은 우리들 몸의 일부처럼 되었다. 그러나 이 위대한 승리자 스마트폰도 가질 수 없는 능력이 하나 있다.

기다림, 느림, 그런 시간들이 만들어 내는 설렘의 축복.

만약 가상현실 덕분에 원하는 곳 어디로든 떠날 수 있는 날이 온다면 나는 25년 전 그날의 KBS 본관 5층 엘리베이터 앞으로 가고 싶다. 버튼을 누르고 엘리베이터 문이 열리면 마치 다른 차원으로 빠져들 듯 그 속으로 뚜벅뚜벅 걸어들어 갈 테다. 문이 닫힌다. 한 층 한 층 불이 켜졌다 꺼지고 사람들은 무심히 숫자판만 노려보며 탔다간 내린다. 그렇게 영원처럼 긴 시간을 버텨 드디어 1층에 다다르고. 엘리베이터의 문이 열린다. 나는 도서관문을 향해 자석처럼 빨려 들어간다. 동시에 그런 내가 부끄러워져 어떻게든 발걸음을 늦춰보려 애쓰지만 어느새 나는 도서관 문의 손잡이를 돌리고 있다.
총 소요 시간은 1분 30초쯤?

나는 그 구간을 무한 반복한다.

2017. 5

PS. 도서관 안까지는 왜 안 들어가냐고? 나이 든 내 심장이 그 쿵쾅거림을 견디지 못할까봐.

말 못 할 사내를 가슴에 품다

여배우 김수미를 좋아하는가? 글쎄… 호불호가 있을 수 있다. 나로 말하면 호도 불호도 아니고 그냥 그 중간 어딘가쯤이다. 그러나 〈전원일기〉의 '일용 엄니'는 다르다. 나는 일용 엄니를 존경한다. 아니, 광팬에 가깝다. 오로지 딱 한 회차의 스토리 때문이다. 나를 일용 엄니의 광팬으로 만든 그날의 이야기 속으로 들어가 보자.

일용 엄니의 외아들 일용이에겐 복길이라는 딸이 있었다. 아마도 1978년생쯤 될 것이다. 그 딸이 초등학교 2,3학년 때의 일이다. 학교에 총각 선생님이 새로 부임해 왔다. 촌스런 시골 학교엔 어울리지 않는, 지금으로 치면 '차도남'에 '엄친아' 쯤 되는 잘생긴 꽃미남 선생님이었다. 바로 이 선생님이 사단을 일으킨다. 학부형인 동네 아낙들의 마음에 치유불가한 짝사랑의 바이

러스를 퍼뜨린 것. 복길네도 예외일 수 없었다. 생전 처음 느껴보는 사랑의 감정과 그 대상이 하필이면 아이의 선생님이라는 점, 남편에 대한 죄책감… 등등의 난제 앞에 끙끙 가슴앓이를 한다. 다정 多情은 언제나 병이다. 노회한 일용 엄니가 며느리의 이 애 닳는 상사병을 눈치 채지 못할 리 없다.

일용 엄니는 어느 날 며느리를 불러 앉힌다. 그러고는 뜬금없이 자신의 옛사랑 이야기를 꺼낸다. 일찍 과부가 되어 일용이 하나 바라보며 외롭게 살아온 일용 엄니의 억척스런 인생에도 애틋한 사랑의 기억이 있었던 것이다. 그 대상은 일 년에 서너 번 마을을 찾았던 소금장수. 당시 마을 아낙들에게 가장 인기 있는 직종이 소금장수였단다. 귀하디귀한 소금을 전국 방방곡곡에 공급하는 당시의 소금장수들은 돈 걱정 없는 자유인인 동시에 세상 소식을 전해주는 이야기꾼이면서 잠시 왔다 냉정히 떠나가는 나쁜 남자의 전형이었다. 예나 지금이나 여자들은 돈 많은 바람둥이 나쁜 남자에 약하다 어쨌거나 일용 엄니는 처음으로 며느리 앞에서 여자가 된다. 아득한 눈길 저편에 소금장수의 품에 안긴 젊은 일용엄니가 보이는 것만 같았다. 얘기를 마친 일용 엄니는 잠시 침묵한다. 그러고는 더 없이 따뜻한 눈길로, 며느리가 아닌, 또 하나의 여인으로서의 복길네에게 말한다.

"계집으로 태어나 말 못 할 사내 하나 가슴에 품는 것도 복이다."

그 장면에서 더 이상의 대화는 없었다. 그저 복길네의 표정만이 클로즈업 되었다.

'말 못 할 사내…. 말 못 할 사내…'

얼마나 많은 뜻을 품고 있는 말인가. 말 못 할 사내라니.

이후 복길네는 일상으로 돌아온다. 물론 사랑에 빠져 허우적대던 동안도 일상에서 달아났던 건 아니다. 달아나는 건 그저 넋뿐.

속절없는 가슴앓이를 접고 단호하게 제 자리로 돌아온 복길네도 참 장하지만 더 위대한 건 일용 엄니의 지혜다. 공감 능력이 있는 자에게만 허락된 지혜.

그러니 지혜롭게 용서하도록 하자. 우리가 주변에서 가끔 만나는, '지금 뭔가 실수 하는 것 같은' 사람들을. 나 자신도 언젠가 한 번쯤은 흔들렸던 적이 있는 어떤 유혹 앞에서 흔들리는 그들을 말이다. 그러나 단서가 있다. 그 모든 불면의 밤을 '말 못

할'이라는 조건 안에서 멈출 것. 그건 결국 비밀을 지켜야한다는 것이고, 진정한 비밀이란 타자의 존재를 필요로 하지 않는다. 운이 좋다면 그 '말 못 할' 사연이 아름다운 옛이야기로 태어날지도 모른다. 일용 엄니의 소금장수 이야기처럼.

직장 동료가 불륜을 꿈꾸는 것 같아 불안하다던 친구의 얘기를 듣다가 20여 년 전 〈전원일기〉의 일용 엄니가 생각났다. 그 친구가 내 친구라면 일용 엄니의 말씀을 빌려 한마디 해줄 텐데….

"계집으로 태어나 말 못 할 사내 하나 가슴에 품는 것도 복이여. 근디.. 그냥 거기서 멈춰야 혀. 그라야 똑똑한 계집인 겨."

2017. 5

몸은 모든 것을 알고 있다

서른 즈음, 같은 제목을 가진 책 두 권을 읽게 되었다.

<몸은 모든 것을 알고 있다>

한 권은 동양의학과 양의를 동시에 공부한 한의사 선생님의 책이었고, 또 한권은 요시모토 바나나라는 일본 유명 소설가의 단편집이었다. 결론부터 얘기하면 나도 그렇게 생각한다.

몸은, 모든 것까지는 모르겠지만 확실히 거의 모든 것을 알고 있다.

나는 의학자는 아니니 요시모토 바나나의 책에서 다룬 얘기만 해볼까 한다.
남녀공학인 중학교가 있다고 치자. 그곳의 어느 반에 한 여자

아이와 남자아이가 있다. 그 두 아이는 서로 좋아하는 사이다. 하지만 반 아이들에게 '우리 서로 좋아해. 그래서 사귀고 있어.' 라는 식의 공표를 한 일은 없다. 아니, 오히려 그 사실을 숨기고 있는 중이다. 그런데 참 신기하지. 반 아이들은 그 두 아이가 서로 좋아한다는 사실을 모두 알고 있다. 왜일까?

그건….
몸짓 때문이다. 들키지 않으려 아무리 애를 써도 그 두 아이는 스스로의 몸짓 때문에 서로에 대한 마음을 들키고 만다. 그 몸짓이 남들 앞에서 부둥켜안거나 뽀뽀를 쪽쪽 했던 게 아니라는 건 이 글을 읽는 모든 분이 알 것이다. 그들의 몸짓은 결코 크지 않았다. 노트 한 권을 건네거나 지우개를 빌리는 무심한 동작, 무언가를 서로 묻고 대답하는 작고 무의식적인 행동들……
우리는 태초부터 알고 있는, 설명 불가한 생래적 지식을 통해 그 작은 몸짓과 표정 속에 숨겨진 의미들을 찾아낼 수 있다.

나이가 들면 중학생 때처럼 쉽게 들키지는 않는다. 무의식적인 행동을 절제하는 것이 연애 전선에 도움이 된다고 생각하기 때문이다. 하지만 이런 의식적 노력이 흐트러지는 순간이 있다.
바로 술자리. 대개의 남녀는 술자리에서 역사를 시작한다.
살짝 취한 후, 그 남자의 어깨에 머리를 기대라. 뭐 이 정도는 국민상식 아니겠는가? 남성의 입장에서는 '상대 여성에게 술을 마시게 하라' 일 테고 그런데 이런 도전은 어느 정도의 자신감이 있을 때 가능하다. 또 환경도 마련이 되어야 한다. 사람이 열댓 명쯤 되는 술자리에서는 별 효과가 없다는 말씀. 그런데 싱글인 젊은이들의 술자리는 대개 사람 수가 많다. 초중고등학교 동창 모임이라든가 온갖 종류의 동호회 모임, 과별 모임, 신입사원 동기생들의 모임…. 이렇게 사람이 많은 술자리에서 나에게 호감을 갖고 있는 이성을 알아보는 비결이 있을까? 심지어는 그 사람 스스로도 아직 모르고 있는데?
시간이 한참 흐른 뒤에야 '아, 그게 사랑이었어.'하고 깨닫는, 감정의 문제에서는 조금 느린 '내 마음 나도 몰라'파들이 세상엔 의외로 많다.

독심술 따위는 모르는 이 세상의 모든 평범한 사람들에게 도움이 되는 팁을 지금 드리려고 한다. 내가, 혹은 나를 가장 마음에 두고 있는 사람이 누구인지를 깨닫게 해주는 비결.

일단은 1차 술자리에서 어느 정도 술들을 마셔줘야 한다. 그리고 조금 떨어진 2차 장소나 지하철역, 버스 정류장 등으로 무리가 함께 걸어간다는 설정도 필요하다. 자, 기억을 더듬어 보자. 이때, 자주 내 옆으로 와 함께 걸었던 사람이 있는가? 어느 샌가 내 발걸음이 그의 곁으로 가 있던 사람이 떠오르는가?

빙고! 바로 그 사람이다.
나에게 호감을 가졌거나, 그의 호감 덕분에 내가 그를 편하게 느끼거나 혹은 내가 호감을 가지고 있는 사람.

아, 그런데 어쩌나… 이 글을 읽고 난 여러분의 의식은 이제, 자연스럽고 솔직한 여러분의 무의식을 통제하기 시작할 것이다. 내 마음을 들킬까봐 앞으로는 그의 곁으로 가지 못하게 될 수도 있다는 거다.
부디… 본능에 충실하시기를. 당장 그 사람과 어찌 해보라는 것도 아니지 않은가. 그저 마음 가는 사람 곁으로 다가가 무심한 듯 함께 걸으면 된다.

누군가 말했다.

사랑은

함께

걷는 것이라고.

2017.6

짜장면이 땡기는 그대에게

지금 그 사람 이름은 잊었지만
그 눈동자 입술은 내 가슴에 있네

박인환의 시 〈세월이 가면〉을 처음 접했던 십 대 소녀 시절, 나는 이 마지막 구절을 납득하기 힘들었다. 당시의 내 뇌는 너무나 탱글탱글하여 사랑했던 그 사람의 이름을 잊는다는 것이 불가능한 일로 보였다. 뇌의 한 부분을 칼로 도려낸대도 그의 이름 석자는 지워지지 않을 것 같았단 말이다. 다행히도 내 뇌는 아직도 제법 탱글탱글한 모양인지 유치원 시절 맘에 두었던 사내아이의 이름까지도 또렷이 떠올릴 수 있다.
다만 이럴 때는 있다. 내가 아직도 그의 이름을 기억하고 있다는 사실이 좀 계면쩍어서 '아… 뭐더라… 그… 걔 이름 말야.'라고 짐짓 능청을 떠는 거다. 설마 박인환 시인도? 흠…. 그건 아니

겠지

각설, 갑자기 〈세월이 가면〉이 떠오른 건 내가 참 존경했던 고등학교 시절 생물 선생님 때문이다. 선생님의 목소리, 말투, 걸음걸이까지 이토록 선명한데 이름이 기억나지 않다니… 비쩍 마른 체형에 비쭉 비쭉 울퉁불퉁한 광대와 턱과 이마와 콧날을 가지셨던, 그런 생김새와는 정반대로 푸근하고 느긋하고 스마트 하셨던 그 선생님은 입시에 찌든 우리에게 재미나고 유익한 정보를 많이 들려 주셨다.

어느 날이었다.

"짜장면이 땡기는 날 있죠? 유독 짜장면이 먹고 싶어 미치겠는 날, 그런 날은 짜장면을 먹어야 돼요. 그건 우리 몸이 짜장면에 들어 있는 어떤 성분을 필요로 한다는 거거든. 밀가루가 됐건 기름기가 됐건 그게 지금 우리 몸에 필요한 거예요."

선생님은 서울대 생물학과 출신이셨다. 서울대라는 이름이 더해주는 권위! 이 말씀을 믿지 않을 수 있겠는가? 그래서 나는 지난 30여 년 선생님의 말씀에 충실하게 살아왔다.

그러다 어느 날 깨달았다. 사랑도 짜장면과 같다고.

뜬금없이 나를 빨아들이는 남자, 갑자기 미치도록 그립고, 함께 있고 싶어지는 그 남자에게는 나에게 필요한, 그러나 과하게 결핍된 무언가가 있는 것이다.

돈 많은 남자가 좋다고? 그건 내게 돈이 필요하다는 얘기다.
많이 배운 남자가 좋다고? 그건 내게 배움이 더 필요하다는 얘기다.
높은 자리에 오른 남자가 좋다고? 그건 내 안에서 권력욕이 꿈틀댄다는 얘기다.

그런데 남자는 짜장면이 아니다. 내 맘대로 사먹을 수가 없다. 운이 좋아 그런 남자를 손에 넣었다 해도 그를 통해 획득한 것들은 진정한 내 것이 아니다. 더 운이 좋아 그 모든 것을 내 것인 양 여기며 평생 해로하면서 잘 사는 여인도 있기는 하다. 하지만 그런 경우, 그 여인은 남자의 것을 함께 지키기 위해 상당한 노력을 기울인다. 열심히 재테크를 도울 것이고 남편을 위해 로비도 대신 할 것이고, 부부 모임 같은 데서 남편 면 떨어뜨리지 않도록 매일 매일 짬을 내 신문이라도 뒤적인다.

나도 그쯤은 해낼 수 있다고?
미안하지만 이런 운을 가진 여성은 지극히 드물다.
대부분의 여성들은 그저 마음만 굴뚝이다. 다 가진 것 같은 그 남자는 나를 쳐다보지도 않는다. 그러니 별 수 없다. 그 결핍을 내 스스로의 노력으로 채워갈 밖에. 사실 심각한 문제는 결핍 투성이인 남자를 좋아하는 여성들이다. 자기는 다 갖췄으면서 정작 상대 남자에겐 아무 것도 바라지 않는 여성들. 가진 것도 없고, 늘 어딘가 시니컬하고, 혹은 슬퍼 보이고 악담이나 해대고, 나쁜 짓이나 일삼고…. 그런 남자에게 속절없이 끌리는 여성들…. 마치 불량식품을 좋아하듯이 말이다. 그러나 여기서 그 얘기를 시작하면 너무 길어진다. 안타깝지만 다음 기회에…
15화 〈나쁜 남자〉를 참고하세요

"이름이 떠오르진 않지만, 30여 년이 흐른 지금도 여전히 사랑하고 존경하는 우리 S부고 생물 선생님, 늘 건강하고 행복하셔요. 제자는 오늘도 선생님의 가르침을 잊지 않고 몸이 원하는 음식들을 찾아 먹으며 행복하게 살고 있습니다. 그리고 감히 남들에게 조언까지 하고 있답니다.

'짜장면이 먹고 싶다면 사먹어라. 짜장면이 그대의 결핍을 채워줄지니.
그 남자를 원한다면 일단 그 남자를 꼬셔라.
그러나 내 것 할 수 없다면…
그 남자의 속성들을 스스로 쟁취하라.' 하면서요"

2017.6

거절의 기술

S는 〈히든 피겨스〉를 보다 펑펑 울었다.

'숨겨진 영웅들'이란 뜻을 가진 이 영화는 소련과의 우주 전쟁에서 밀리고 있던 1960년대 미국 NASA를 배경으로, 인종 차별 속에서도 자신들의 꿈을 지켜낸 흑인 여성 수학자들의 성공기를 담고 있다. 아마도 이 영화를 본 사람이라면 그들의 성공담에 눈가가 촉촉해지는 걸 느꼈겠지만 S처럼 눈물을 펑펑 쏟으며 꺼이꺼이 통곡할 스토리는 절대 아니었다. 나름 자기 자신을 냉철한 사람이라 믿고 있는 S는 잠시 분석에 들어갔다.

뭐지? 왜지? 채 1분도 지나지 않아 그녀는 '아하~' 하고 무릎을 쳤다.

S는 십여 년 전, 회사 탁구 동호회에서 한 후배를 알게 되었다. 비록 나이도 어리고 회사 입사도 한참 늦은 후배였지만 그의

듬직한 모습이 늘 좋았던 S는 어느 날 저녁 그에게 고백을 했다. 좋아하고 있다고. 정식으로 만나보지 않겠느냐고. S는 알고 있었다. 그 후배도 자기를 몹시 좋아하고 있다는 사실을. 다만 약간의 나이 차와, 사내 연애라는 부담, 또 후배라는 처지로 인해 감히 먼저 다가오지 못할 뿐이니 선배인 자기가 먼저 손을 내밀어 주는 것이 마땅하다고 생각했다. 당연히 예스를 기대했던 S에게 그 후배가 던진 대답은 그녀를 잠시 멍하게 만들었다.

'웬 자다가 봉창?'

S는 후배의 말이 담고 있는 뜻을 이해하기까지 꽤 많은 시간이 필요했었다고 했다. 다음은 그 날 두 사람이 나눈 대화다.

S : 좋아하고 있었어(웃음). 알고 있었지?

후배 : ….

S : (뭐지? 저 침묵은? 너무 기뻐서 말문이 막혔나?
흠.. 일단 준비한 말은 다 해야지) 우리 만나 보면 어떨까?

후배 : 선배님, 이거 비밀인데… 사실… 제 여동생이 이혼해서 집에 있어요.
부모님이 몹시 힘들어 하시죠.
저까지 부모님을 힘들게 할 수는 없어요.

S : ……………….? (뭔 소리야 지금?)

잠시 후, S는 그가 무슨 말을 한 건지 깨달았다. 자신은 서류상으로 깨끗한 총각인데 S선배는 이혼 경력이 있으시니, 가뜩이나 여동생 문제로 힘들어 하시는 부모님께 이혼녀와 결혼하겠다는 말씀을 드린다는 건 언감생심이다. 그러니 정중히 거절합니다, 라는 뜻이라는 걸.
S는 쿨한 척, 아무렇지도 않게 '맞는 말이다. 잘 알겠다'고 했다. 집으로 돌아오는 길. 그녀는 주제파악도 못한 자기 자신을 아주 잠시 원망했었다. 그러나 더 오랜 시간 그 후배를 원망했다. 생김새가 싫다고 했다면 성형 수술이라도 했을 것이고, 직장이 같아 힘들다고 했으면 새 일자리를 찾아볼 수도 있었을 텐데… 대한민국에 사는 한, 이혼을 한 적이 있다는 사실은 죽었다 깨도 지워지지 않는 꼬리표가 아니냐고. '너는 피부색이 검으니 우리와 함께할 수 없어', 라는 외침 앞에서 주인공들이 느낀 절망이 그날 자신이 느꼈던 절망을 떠오르게 한 것 같다며 그녀는 웃었다.

거절에는 기술이 필요하다.
제일 좋은 답은 '제 취향이 아닙니다' 이다.
'당신의 존재 자체는 참 훌륭하고, 날 좋아해 준다니 무척이나 고맙지만, 안타깝게도 당신은 내 취향이 아니다.'
이것이 가장 현명한 거절이다. 싫다는 데도 막무가내로 덤벼드는 사람에게는 백약이 무효겠지만 일반적인 정신 상태를 가진 사람에게는 요 정도로 마무리하는 것이 옳다. 그 사람이 도저히 어찌해볼 도리가 없는 이유, 예를 들어 편모, 편부 슬하라서 안 된다거나, 고향이 특정 지역이라서 힘들다거나, 너희 집안의 종교가 맘에 안 든다거나, 키가 작아서 싫다거나 하는, 당사자의 능력으로 도저히 바꿀 수 없는 어떤 요인을 이유로 드는 것은 상대방이 질척거리지 못하도록 하는 데는 훌륭한 답이 될지 모르지만, 상대의 가슴에 지워지지 않는 상처를 남긴다. 우리는 모두 알고 있다. 남의 가슴에 피눈물 흘리게 해서는 안 된다는 걸.

다행히 S는 지금 잘 살고 있다. 재혼에 성공하니 더는 이혼녀라 불리지도 않는다. 피부색 하나가, 서류상의 기록 하나가 어느 한 사람을 규정짓는 잣대가 되어서는 안 된다.
지금 이 순간, 원치 않는 상대에게서 사랑의 고백을 받은 사람이 있다면 이 거절의 기술을 꼭 기억하시길 바란다. 그것이 대대손손 복을 짓는 일이라 믿기에…

2017.7

타인의 취향

Y는 어느 날 대학 선후배들과의 술자리에서 자기 부인 애기를 하며 함박웃음을 짓는 선배를 바라보다 상념에 빠졌다.

“은행 다니는 우리 마누라는 매일 가계부를 쓰는데 10원짜리 하나까지 다 맞아야만 잠자리에 들어. 사람이 어떻게 그러지? 매일 밤 이마 찡그리고 영수증 들여다보며 가계부 쓰는 마누라가 귀여워 죽겠어.”

Y는 전 남편과의 이혼 사유를 그 술자리에 있는 사람들에게까지 시시콜콜 얘기한 적은 없었지만 바로 그 가계부 때문에 결혼 생활 내내 진저리를 쳐왔었다. 전직 은행원 출신이던 Y의 전 남편은 뭐든 대충 대충인 Y의 성격에 문제가 있다며 돈 문제만큼은 그렇게 하지 않도록 신혼 첫날밤부터 가계부를 쓰게 했다. 인생 선배인 남편의 뜻을 따르는 게 마땅하다고 생각한 Y는 10원짜리까지 똑 떨어지도록 가계부를 써보려 결혼 기간

내내 노력했지만 선천적으로 그런 일에는 재능이 없었다. 전 남편에게 매일 밤 지청구를 들으며 가계부와 씨름했던 그녀는 이혼 후, 그 끔찍한 가계부 쓰기에서 놓여난 것이 제일 속 시원하다고 느껴왔었다. 해서 아주 가까운 사람들에게는 그 인간이 그렇게 쪼잔하고 피곤한 놈이었다고 가계부 얘기를 하며 X허즈를 흉보곤 했었다. 그런데 맙소사! 그런 끔찍한 취미를 가진 마누라가 귀여워 죽겠다니!

물론 약간의 차이는 존재한다. 선배의 부인은 자기가 좋아서 그 일을 하는 거고 Y의 전 남편은 자기가 좋은 걸 Y에게 강요했다. 하지만 어떻든 선배의 아내와 Y의 전 남편은 비슷한 부류의 사람이다. 금전출납부의 수입 지출 내역이 딱 떨어질 때 뇌에서 행복의 호르몬이 마구마구 분출되는 사람들. 그러나 이 똑 같은 취향을 가진 두 사람을 바라본 각 배우자의 반응은 정반대였다.

Y는 반성했다. 아하, 이건 어디까지나 취향의 문제였구나.

사람의 취향이란 정말 참 다양하다.
Y의 얘기를 듣고 우리 선배 하나가 떠올랐다. 이 양반은 주변에 사람들이 모이기만 하면 남편과 함께 성인용품점이나 조명

가게 다녀온 얘기를 자랑하곤 한다. 부부금실이 그만인 모양인데 문제는 보통 사람들이 그런 쪽의 대화를 금기시한다는 걸 잘 모른다는 것이다. 새로 구입한 물건의 효용성, 그 놀라운 효과, 새로 바꾼 조명이 만들어 준 끝내주게 로맨틱한 분위기…에 대해 장광설을 늘어놓으실 때마다 우리 후배들은 직업상 타고 난 저마다의 리액션 기술로 한껏 분위기를 띄워 맞장구를 쳐드리긴 했지만 마음속으로는 모두가 지극한 민망함을 느꼈다. 그 선배가 나타나면 슬금슬금 자리를 피하기도 했다. 그럼에도 불구하고 그 누구도 그 선배를 비난하지 않았던 것은 어디까지나 자기 남편과의 잠자리에 대해 얘기한 거고, 좋은 정보를 모두 함께 나누자는 좋은 의도로 그 성스런 이야기들을 하셨다는 걸 알기 때문이었다.

그렇다. 그건 취향의 문제다. 타인에게 피해를 주지 않는 한, 모든 사람의 취향은 존중되어야 마땅하다. 특히 연인 사이, 부부 사이는 취향이 같거나 상대의 취향을 진심으로 존중해 줄 수 있을 때 행복한 관계를 지속할 수 있다.

그렇다고 Y에게 잘못이 있다는 뜻은 아니다. Y의 전 남편은 자신의 취향을 강요했다. Y에게는 자신의 취향을 일방적으로 강요한 전 남편을 비난할 권리가 있다. 다만 그 비난은 강요죄에 대해서만 성립된다. 가계부의 끝자리가 10원 단위까지 맞아야만 잠이 오는 그 취향 자체에는 아무 잘못이 없다.
우리는 상대의 취향에 너그러워질 필요가 있다. 단, 누구도 자신의 취향을 타인에게 강요해서는 안 된다.

젊은 날의 브래드 피트가 주연했던 <흐르는 강물처럼>이란 영화에 이런 명대사가 나온다.

"우리는 결코 상대방을 이해할 수 없다. 다만 사랑할 수 있을 뿐이다."

상대의 취향을 모두 이해하는 건 불가능하다. 사랑한다면 그저 사랑해야 한다. 그러나 그 취향을 타인에게 강요하는 사람이 있다면 그는 사랑받을 자격이 없다.

Y야, 니 이혼은 진짜 현명한 선택이었어!

2017. 7

새로운 사랑을 꿈꾸다

현재 지구상 70억 인구 중, 사랑에 막 빠져들어 달콤한 시간을 보내고 있는 사람이 더 많을까, 아니면 실연의 상처에서 빠져나오지 못하고 허우적대는 사람이 더 많을까?

위 질문은 이 칼럼의 독자 확보를 위해 꼭 알아야만 하는 주제다. 그러나 그 답을 알 방법은 없다. 다만 조심스럽게 이런 추측은 해 본다. 목하 열애 중인 사람은 요런 글 챙겨볼 시간이 없지 않겠는가고. 또, 내 과거를 돌이켜보면 사랑에 빠진 달콤한 순간보다는 지지부진한 관계 속에 피곤해 했거나 이현우의 〈헤어진 다음날〉이 구구절절 내 얘기 같았던 날이 더 많지 않았던가, 그래서 오늘도 나는 이별, 그 후의 이야기를 선택한다. 새로운 사랑을 꿈꾸는 분들을 위해.

'이제는 새로운 사랑을 찾아도 되는 걸까?'

'내가 다시 누군가를 사랑할 수 있을까?'

이런 의문을 품고 사는 사람들이 의외로 많다. 사랑했던 시간의 두 배, 최소한 그 기간만큼은 혼자 지내는 게 좋다고 주장하는 사람도 본 적이 있긴 한데, 그렇다면 10년씩 살다 헤어진 사람들은 10년에서 20년을 연애도 하지 말고 지내라는 얘기가 되므로 이런 조언은 싹 무시해버리시길 바란다. 그러나 어느 정도의 빈 시간, 여백은 분명히 필요하다. 사족 같지만 잠시 덧붙이자면 로미오가 줄리엣과 사랑에 빠지기 불과 몇 시간 전까지도 다른 여성에게 목매고 있었다는 것은 조금 다른 이야기다. 짝사랑이란 휴지기 없이 바로 바로 옮겨 타도 상관없기 때문이다. 여기서 다루는 이별은 둘의 상호 관계가 끝난 것을 기준으로 한다

그 적절한 기간은 도대체 얼마일까? 우리는 얼마나 오랜 시간 아파한 후, 훌훌 털고 일어나 새로운 사랑을 꿈꾸어야 할까?

그건… 사람마다 다르다.

하지만 나는 지금이 새로운 사랑을 시작할 때인지 아닌지를 정확하게 짚어낼 수 있는 나만의 감별법을 가지고 있다. 너무 간단해서 실망하실지도 모르겠다. 그러나 100% 정확도를 자랑한

다. 자, 그런 질문을 던지는 사람에게는 요런 질문을 되던지면 된다.

그 사람이랑 왜 헤어졌어?
그 사람, 어떤 사람이었어?

단, 단서가 있다. 위 질문에 대한 답을 딱 세 줄로 요약해 보라고 해야 한다.

한 번 스스로에게 실험해 보셔도 좋겠다. 위 질문에 간단명료하게 대답할 수 있다면 그 사람은 새로운 사랑을 맞이할 준비가 된 것이다. 주변에 소개팅 부탁을 해도 좋겠다. 그러나 수없이 많은 말줄임표와 접속사를 남발하며 문장을 마무리하지 못하는 나를 발견했다면 아직은. 때가. 아니다.
여전히 흠… 어… 그랬는데… 그래서… 그러니까… 아, 뭐지…?
이런 식으로 주절주절 늘어졌던 분들께는 이 이야기를 선물로 드린다.

아빠가 돌아가신 지 채 1년도 지나지 않아 엄마를 잃은 인디언 꼬마가 있었다. 이름은 리틀 트리. 엎친 데 덮친다고 소년의 부족은 서양인들의 총칼에 떠밀려 대륙을 가로지르는 대이동을 시작한다. 강행군에 소년의 몸 상태가 점점 나빠지자 함께 걷던 할머니가 할아버지에게 말한다.

'작은 나무가 너무 지쳤어요. 좀 쉬어야할 것 같아요.'

그러자 할아버지가 이렇게 대답한다.

'뭔가 소중한 것을 잃어버렸을 때는 녹초가 되는 것도 괜찮아.'

할아버지는 멈춰서는 대신 발걸음만 조금 늦춘다. 소년은 훗날 그날을 기억한다. 그리고 할아버지의 말씀이 백만 번 옳았다고, 그 지혜에 뒤늦게 감사한다. 소년은 걷는 일이 너무 힘들어 엄마 아빠에 대한 그리움 같은 걸 느낄 새가 없었던 것이다. 왜인지는 알 수 없지만 육체적 고통은 마음의 고통을 상당 부분 치유해 낸다.

아직도 그를, 그와 끝난 이유를 석 줄의 틀에 가두어 요약 정리해 낼 수 없다면 당신은 그 사랑에서 벗어나지 못 한 게 맞다. 질책할 필요는 없다. 당신 잘못이 아니다. 하지만 자기 자신을 아픈 채로 방치하는 건 옳지 않다. 그러니 소년의 할아버지가 그리 하셨듯이 자기 자신에게 육체적 고통을 선물해 보라고 권해드린다.

어쨌든, 어떻게든 시간은 흐른다.

그 사람은 언젠가 석 줄로 줄여질 테고

심지어는 지워진다.

그날을 앞당기기 위해 물병 하나 챙겨 들고 뒷산이라도 오르는 건 어떨까? 산 정상에선 이렇게 외쳐 봐도 좋겠다.

다 지나가느니라.

2017.8

스무 살의 사랑 I

아주 오래전, 그러니까 내가 20대 중반일즈음이었다. 라디오를 듣는데 양인자 여사 인터뷰가 흘러나왔다. 김희갑 양인자 부부는 대한민국 가요사에 없어서는 안 될 분들이지만 가요프로그램에서 직접 만날 일은 흔치 않았기에 귀를 쫑긋 세우게 되었다. KBS 2FM 정오의 희망곡…. 디제이는 오미희… 라는 게 내 기억인데 왜곡되었을 수도 있다. 아무튼 의례적 인사가 오가고 디제이가 물었다.

이번에 따님이 결혼하신다면서요? - 네
스무 살밖에 안 된 따님의 결혼을 허락하셨어요. 걱정되시 않으세요? -
음.. 우리는 모두 스무 살즈음에 사랑을 경험하지만 현실적 여건 때문에 대부분 이루어지지 않죠. 아~ 하지만 세월이 지나면 알게 돼요. 스무 살의 사랑이란 정말로 특별하고 또 다시 오지 않는다는 걸. 그런.. 사랑은 스무 살에만 할 수 있어요. 저는 제 딸이 그런 사랑과 결혼하게 되길 바랐습니다.

와우! 얼마나 멋진 말인가?!!
다시 오지 않을 스무 살의 사랑…

스물을 넘긴 사람이라면 모두가 공감할 양인자 선생의 말씀을 들으며 당시의 나는 내 대학 1학년 시절의 남자친구를 떠올렸었다. 나보다 다섯 살 위, 별 볼 일 없는 대학 자신이 그렇게 생각하고 있었다 의 복학생이었던 그는 요즘 표현으로 하자면 취준생이었다. 80년대 후반에는 취직이 쉬웠다고들 하는데 꼭 그렇진 않았던 모양인지 그는 시험을 보는 족족 미끄러졌고 그런 날들이 지속되자 나를 만나는 것을 부담스러워했다.
어느 날 나는 그가 나를 집 근처까지 데려다 준 뒤, 버스비가 없어 집까지 걸어갔다는 사실을 알게 되었다. 우리 집은 청와대 뒷동네인 세검정, 그의 집은 관악산 부근 봉천동이었다. 그때부터 나는 되도록 그의 집과 우리 집 딱 중간에 있는 번화가 남영동에서 그를 만났고 거기서 헤어졌다.

한 달 용돈 10만 원, 하루 3천 원꼴로 사용이 가능했던 나와 그의 데이트비 사용 내역을 보면,
맥주 500cc 두 잔 1000원, 노가리 안주 1000원,
나의 식사대용 간식으로 거리에서 파는 찐빵이나 호떡 200원,
그리고 가끔 은하수라는 담배를 300원에 사고 나면 서로의 버스비 외에는 남는 돈이 없었다.

흠… 쓰다 보니 갑자기 비루해진다. 남자가 여자를 사랑하는 척도는 사용하는 돈과 비례한다는 사실을 알게 되어서일까? 하지만 그래도 나는 그를 만나는 것이 좋았다. 맥주에 노가리만 먹은 건 아니다. 1000원 하는 닭똥집에 소주를 마시기도 했고 돈까스에 커피로 분위기를 잡기도 했다. 그조차도 없을 땐 남이 장군이 칼을 씻었다는 세검정자 난간에 걸터앉아 캔 커피를 마셨다. 지금은 온 동네가 문화재 보호구역이 되어 들어갈 수 있는 곳이 없지만 당시엔 홍지문, 세검정자, 백사실 계곡… 등이 모두 프리패스였다 지금은 사라진 남영동 성남 극장에서는 3천 원으로 둘이 함께 영화도 한 편 볼 수 있었다. 1988년의 서울 물가로는 그게 가능했다.
하지만 어쨌든 3천 원은 적은 돈이었고 그조차도 늘 내 주머니에서 나온다는 사실이 그를 지치게 했던 모양이다. 그는 하는 일도 없으면서 시간이 없다는 핑계가 늘어갔다.

우리는 안녕이란 말도 없이 헤어졌다. 아니, 그의 미적지근한 태도가 싫어서 내가 먼저 헤어지자고 했던 것 같다. 나는 그가 나를 붙잡기를 바라고 그렇게 말했던 건데 그는 동의하지도 거부하지도 않았다. 나는 뱉은 말을 지켜야 했기에 그리움을 품은 채 세월을 견뎌냈고 그렇게 그가 잊혀져 가던 어느 날, 양인자 선생의 인터뷰를 듣게 됐던 것이다.
글쎄… 당시에는 얼굴도 모르는 그 스무 살 아가씨가 부러웠던 것 같다. 하지만 우리 부모님은 그냥 평범한 직장인이셨고, 설사 아주 돈이 많으셨다 해도 스무 살 딸을 무일푼 취준생과 결혼시켜 뒷바라지 할 마음은 없으셨을 거다.

그 방송을 들은 뒤로부터 십 년쯤 후, 우연히 그를 다시 만났을 때, 그는 성공한 사업가가 되어있었다. 너무 살이 쪄 내가 알던 그 사람이 맞나?, 싶었던 그는 그날 나에게 아주 비싼 밥을 사주었다. 나는 궁금했다. 그때 나와 헤어지지 않았더라도 저 사람은 지금처럼 부자가 되었을까?

사람은 누구나 자기만의 몫, 자기만의 타이밍이 있다.
내 타이밍은 스무 살이 아니었던 거고
내 몫은 부자 남편이 아니었다.
내 타이밍은 지금의 아이 아빠를 내게 선물해 주었고

나름의 행복을 주었으며,
덤으로 밤늦은 세검정자 안에서 캔 커피 한잔을 손에 들고 긴긴 이야기를 나누었던 스무 살의 기억을 아스라이 남겨주었다.

대개는 잊고 살지만
문득 떠오르는 스무 살의 사랑은 양인자 선생의 말처럼 특별하다.
오래도록 가슴에 남는다.
그러나 우리가 그리워하는 것은 그 사람이 아니다.
그 시절, 아무 계산 없이 순수하게 누군가를 사랑할 수 있었던 그때의 나 자신을 그리워하는 것이다.

아, 스무 살이여~

2017.8

스무 살의 사랑 II

-향단이 편-

지난 회 제목인 <스무 살의 사랑 I>은 왠지 더 쓸 얘기가 있을 것 같아 II편에 대한 구상이 전혀 없었는데도 굳이 I이라고 꼬리를 붙여두었다.
역시… 동양인 특유의 선견지명 '내 그럴 줄 알았지'의 능력이 나에게도 있었음이 곧 입증되었다. <스무 살의 사랑> 속편의 주인공이 제 발로 내 일상에 뛰어들어 온 것이다.

"나 그 남자 기억난다."

초등학교 동창 카페에서 뒤늦게 내 글을 보았다는 친구 K의 뜬금없는 카톡에 나는 가슴이 뜨끔했다.

'으응? … 30년 전 기억 스캔 중

아, 맞아. 맞아! H랑 K, 나와 그 사람, 이렇게 넷이 만난 적이 있었겠구나!
으음… 뭐 실수한 건 없나?'

아이 엄마 된 입장에서 옛 연인이란 그저 활자 속에서나 익명으로 존재해야 마음 편한 것인데 그 구체적 실체를 직접 보고 기억하는 사람이 있다니, 그 사실만으로도 왠지 넘어선 안 될 선을 넘은 것 같은 죄책감이 밀려왔다.

"뭐, 뭐가 기억나는데?"
"아니 그냥 같이 봤었던 것만 희미하게 기억나."
'휴우, 다행이다.'

H, K, 나. 우리 셋은 모두 초등학교 동창이다. H가 1학년 2학기에 우리 학교로 전학을 왔었고 둘은 바로 그때부터 서로를 좋아했다. 가끔씩 그런 연인들이 존재한다. 소꿉동무와 부부가 되거나 고교 졸업 후 첫 미팅에서 만났던 '첫 사랑'과 결혼하는 사람들 말이다. H와 K는 그런 부류의 연인이었다. 초등학교 6년 내내 그 두 아이가 서로를 좋아한다는 사실은, '아무개는 키가 크고 아무개는 작다', 수준의 너무나 자연스러운 팩트였다. 아무도 그 두 사람이 왜 그리 서로를 좋아하는지 의문조차 품

지 않았다.
그러나 졸업과 함께 남자중학교 여자중학교로 갈라진 둘은 당시의 분위기상 자연스레 서로를 볼 수 없게 되었고 H가 미국으로 이민까지 가게 되자 영영 이별이 찾아왔다. 그로부터 6년쯤 후, 뉴욕에서 대학생이 된 H가 한국에 잠시 들렀을 때 나는 이름 석 자와 출신 중학교만 가지고 K를 찾아내 둘의 해후를 성사시켰다. 차그르르 차그르르 돌아가는 기계식 다이얼 전화 시대에 이룬, 눈물겨운 우정의 쾌거!
나는 그 둘을 위해 향단이가 된 것이 더없이 기뻤고 두 사람은 우여곡절 속에 다시 연인이 됐다. 이 '우여곡절' 네 글자는 관객일 뿐이었던 향단이 시각에서도 참으로 많은 사연을 함축한 것이니 본인들로서는 말로 다 표현할 수 없는 '네버 엔딩 스토리'를 담고 있을 것이다.

국경, 나이, 신분, 인종… 성별까지도 초월하는 사랑의 힘은 H가 뉴욕에서 이룰 수도 있었던 모든 꿈을 간단히 포기시켰다. 그렇게 영구 귀국한 H와 K는 영화 속 연인처럼 아름다운 사랑을 그려갔다. 하지만… 그 사랑은 그리 오래가지 않았다. 여기에 그 사연과 까닭을 다 적을 방법은 없다. 그것은 아마도 '운명의 장난' 정도로 이름 붙여질 수 있을 것이다.
둘의 사랑은 말도 안 되는 주변 상황과 자존심이란 이름으로

포장된 스무 살의 치기로 인해 본인들도 정확한 진실이 무엇인지 알지 못한 채 허무하게 끝나버렸다.

그걸 지켜볼 수밖에 없었던 나는 오래도록 안타까운 마음을 품어야 했다. 아마도 그들의 해후가 5년 정도만 늦었더라도 전혀 다른 결과가 펼쳐지지 않았을까…. 또 세월은 흐르고… 친구들이 결혼으로 육아로 여념이 없던 어느 해 이른 봄날, H는 친구들 누구도 가보지 못한 머언 나라로 훌쩍 떠나버렸다. 아무런 예고도 없이 함께 했던 기억 외엔 아무 것도 남기지 않은 채…

그날의 카톡 대화에서 K는 H의 이름조차 입에 올리지 않았지만, 대화창을 닫던 나는 이런 구절을 꼭 덧붙여야겠다고 결심했다.

"지난 칼럼에서 '우리가 그리워하는 것은 그 사람이 아니라 스무 살 시절의 자기 자신'이라고 썼었지요. 그런데 그것은 그저 제 개인적 경험일 뿐, '그 시절의 내'가 아니라, 진짜 그 사람, 바로 그 사람을 그리워하는 사람들이 아직도 이 별 위에 수없이 많이 살고 있다는 걸 뒤늦게 깨달았습니다. 그 부분을 간과하고 제 경험만을 일반화한 점 깊이 사과드립니다."

K가 지난 10년 간 한 번도 거르지 않고 H의 생일마다 그 애 잠든 곳을 찾았다는 걸 알고 있었기에 더욱.

우리는 모두 춘향이를 꿈꾸며 살지만 때로는 기꺼이 향단이의 옷을 입는다. 나의 스무 살… 향단이로서의 나는 더 없이 행복했었다. 비록 본업이었던 춘향이 임무는 죽을 쒔지만… 그토록 공들인 그들의 사랑마저도 결국엔 물거품이 되어버렸지만… 아스라이 먼 그 시절이… 여전히 찬란하다. 스무 살은… 아니, 아니, 우리 생의 모든 순간은 기억되는 한 영원히 존재한다. 스무 살의 H는 아니, 우리 모두는 여전히 찬란하게 거기에 있다.

2017.9

TIME
coffee bean

다섯 가지 사랑의 언어

노래방 엔딩 곡이 언제나 <시청 앞 지하철역에서>인 친구가 있다. 아, 그 노래! 하고 반색하는 분이라면 당신은 60년대에서 70년대에 태어난 사람일 게다. 그리고 이 노래가 '고무신을 꺾어 신었음직한' 옛 여친을 오랜 시간이 흐른 후 우연히 마주친 한 남자의 이야기라는 것도 잘 알 것이다. 6070이 아닌 분들을 위해 잠시 노랫말을 소개한다.

시청 앞 지하철역에서 너를 다시 만났었지.
신문을 사려 돌아섰을 때 너의 모습을 보았지.
발 디딜 틈 없는 그곳에서 너의 이름을 부를 때,
넌 놀란 모습으로 음음음음~

너에게 다가가려 할 때에 난 누군가의 발을 밟았기에

커다란 웃음으로 미안하다 말해야 했었지.

살아가는 얘기, 변한 이야기, 지루했던 날씨 이야기,

밀려오는 추억으로 우린 쉽게 지쳐갔지.

그렇듯 더디던 시간이 우리를 스쳐 지난 지금

너는 두 아이의 엄마라며 엷은 미소를 지었지.

나의 생활을 물었을 때

나는 허탈한 어깻짓으로

어딘가 있을 무언가를 아직 찾고 있다 했지.

언젠가 우리 다시 만나는 날엔

빛나는 열매를 보여준다 했지.

우리의 영혼에 깊이 새겨진 그날의 노래는

우리 귀에 아직 아련한데..

가끔씩 너를 생각한다고 들려주고 싶었지만

짧은 인사만을 남겨둔 채

너는 내려야 했었지

바삐 움직이는 사람들 속에

너의 모습이 사라질 때

오래전 그날처럼 내 마음엔…

아… 이 명곡은 노랫말만 가지고도 소설 한 편을 쓸 수 있을 만큼 많은 이야기를 담고 있지만 일단 친구의 사연으로 돌아가겠다.

친구는 연애 경험이 많지 않았다. 스물한 살인가 두 살에 만나 일 년쯤 만났던, 군대 간 남자 친구가 거의 유일한 옛사랑이었다. 참 성실하고 살뜰한 남자였다. 아직 어린 나이인데도 친구와의 미래를 위해 적금도 들고, 일부러 군 입대도 서둘렀다. 입대 전 떠났던 여행에선 친구의 손만 잡고 잠들었을 만큼 순수한 청년이기도 했다. 하지만 그는 친구를 너무 몰랐다. 친구는 그가 입대한 지 딱 한 달이 됐을 때 헤어지자는 편지를 보냈다. 참 많이 사랑했지만, 그 사람만큼 편하고 좋은 사람을 그날 이후 다시는 만나지 못했지만, 그럼에도 친구는 그 일방적인 결별을 후회하지 않았다. 어느 날, 또 그 오래전 남친을 그리며 <시청 앞 지하철역에서>를 부르는 친구에게 이렇게 오래 싱글로 있으면서 왜 한 번 찾아보지 않느냐 물은 적이 있다. 헤어질 이유도 딱히 없지 않았느냐고.

"미안해서 어떻게 그래. 차라리 두 아이의 엄마쯤 되었으면 모를까"
친구는 쓸쓸히 웃더니 이런 말을 덧붙였다.

"세상에는 다섯 개의 '사랑의 언어'가 있대. 내 사랑의 언어는 시간이야. 함께하는 시간."

무슨 개똥철학인가 했더니 카톨릭 교단에서 출판한 <다섯 가지 사랑의 언어>라는 책 얘기였다. 내용은 이렇다.
사람들은 다들 비슷한 내용과 강도의 오글거림으로 만남을 시작한다. 하루가 멀다 만나고 별것도 아닌 일로 얼고 떨고 언제나 상대방이 우선순위 1위다. 이때 둘의 관계는 언제나 그린라이트다. 하지만 시간이 흘러 안정적인 관계가 되면 각자 나름의 방식으로, 그러니까 저 편한 대로 상대방을 사랑하고 또 받기를 원한다. 이때부터 남녀의 비극이 시작된다. 이 나름의 방식을 다섯 가지로 분류하면

1. 말: 상대를 칭송하는 말
2. 봉사: 상대를 위한 약간의 희생과 봉사
3. 스킨쉽: 상대를 만지고 접촉하는 행동
4. 시간: 상대와 함께하는 시간
5. 선물: 상대에게 선물 주기

자신의 사랑의 언어가 3번 스킨쉽인 사람은 상대와의 신체적 접촉이 뜸해지면 상처를 받는다. 자신의 언어가 1번인 사람은 상대방이 자신을 끊임없이 추켜올려 주어야 행복하다. 이런 사

람에게 '아이고 내가 너 때문에 못 살아, 못 살아.'하게 되면 평균보다 훨씬 더 빠른 속도로 관계가 어그러진다.

어린 시절 외롭게 자란 친구에게 사랑이란 '함께하는 것'이었다. 상대방이 자신을 위해 최대한 많은 시간을 할애해줄 때 사랑받는다는 안도감이 들었던 거다. 그런 친구를 두고 미래를 함께하기 위해서라며 군대부터 가버린 그 남자는 본의 아니게 최악의 선택을 했던 셈이다.

딱 하나의 언어만 가지고 사랑을 느끼는 사람은 없을 것이다. 다섯 가지를 골고루 사용하는 사람도 있고 친구처럼 조금 폭 좁은 언어를 구사하는 사람도 있다. 그런 사람에게 네 생각이 좀 편협한 것 같지 않으냐고 얘기해봤자 아무 소용이 없다. 그냥 그 취향과 방식을 존중해주어야 한다. 하늘이 허락한다면 그런 짝을 만날 날이 올 터이다. 짚신도 짝이 있다니까.

저마다 확인해보면 좋겠다. 나의 사랑의 언어는 무엇일까. 내 상대의 사랑의 언어는 무엇일까. 어느 것도 맞고 틀린 것이 아니다. 그저 다를 뿐.

진정한 사랑은 상대가 원하는 방식으로 상대가 원하는 것을 주는 것이다. 또 당당하게 나의 방식을 알리고 요구할 수 있어야 한다. 서로가 상대의 방식을 존중하기 힘들다면 그 관계는 접는 게 좋다. 서로가 서로의 언어를 알고 노력하면 기필코 백년해로하리니 이 글을 읽으신 분들, 부디 각자의 '사랑의 언어' 찾기에 성공하시길.
동일 어족 語族 배필을 찾는다면 금상첨화.

2017. 9

난로를 사랑한 눈사람

내가 최초로 읽은 미스터리 멜로물은 안데르센의 동화 <눈사람>이다. 극 중 눈사람은 어쩐 일인지 난로를 사랑한다. 제 생명마저도 녹여버릴 치명적 매력에 반한 걸까? 읽는 내내 궁금했다. 바보같이 왜 하필 난로람?

페이스 북에 친구 석진이 가명 49세가 올린 사진을 보다가 그 동화 생각이 났다.

"우리 딸 예쁘죠?"

석진이는 아이가 셋. 그 셋이 모두 아이돌 빰치는 출중한 외모를 가졌다. 지난 십 년간 한두 번쯤 봤던가…? 서로 사는 게 바빠 못 보고 지냈지만 SNS 상으로 가끔 소식을 접하는데 그게 죄 자식 자랑이다. 본인 얘기는 한 마디도 없지만 자식 자랑 늘어진 걸 보니 잘 사나보다, 할 뿐이다. 그 세 아이는 석진이에게 더없이 소중하고 특별하다. 모두 가슴으로 낳은 아이들…

벌써 17년 전이다. 탄탄한 공기업에 다니는 전도유망한 청년 석진이가 아이 셋 달린 이혼녀와 결혼하겠다고 했을 때, 자주 몰려다니던 친구들은 모두 어떤 반응을 보여야 할지 난감했었다. 용기 있는 몇이 미쳤냐고 말문을 뗐고… 돌아가며 뜯어말려보다가… 저러다 말겠지… 기다려도 보았다. 그러나 결국 석진이는 모두의 반대를 들은 척도 안 하고 덜컥 살림부터 차렸다.

친구들도 기가 막힌데 석진이 어머님은 어떠하셨을까. 석진인 아버지가 안 계셨다. 모 대학병원 간호사셨던 어머니께서 돌아가신 아버지를 대신해 혼자 석진이와 여동생을 키우셨다. 안정된 직업이었지만 그래도 1970년대에 사립초등학교에 아이를 보내는 건 녹록치 않았을 게다. 그렇게 혼자 힘으로 금이야 옥이야 키운 귀한 아들 석진이는 어머니 흘리신 땀이 헛되지 않는, 더없이 순하고 착한 모범생 아들로 자랐다. 친구들이 무슨 말을 해도 언제나 히~ 하고 웃기만 하던, 순하디 순한 석진이. 그런 석진이가 어머니와 의절하다시피 그, '애 셋 딸린 이혼녀'에게로 달려가는 걸 보며 우리는 궁금했었다.

왜일까, 무엇 때문일까.

물론 석진이의 아내는 매력적인 여성이다. 사정상 졸업은 하지 못했지만 명문대 미대를 다니던 재원이고 당차고 씩씩한 것이 석진이의 마냥 사람 좋은 부분을 채워주니 그 또한 좋았다. 그래도… 그래도… 어느날 모임, 아내와 아이들 때문에 석진이가 먼저 일어서 나가자 푸념처럼 누군가 한 마디 했다.

"어머니 가슴에 왜 저리 못을 박아, 연락도 안 하고 지낸다면서?"
"그러게… 이해를 못하겠어…"

모두들 한 마디씩 궁시렁대는데, 집안의 반대를 무릅쓰고 끝끝내 자기가 좋아하는 음악을 직업으로 삼은, 그래서 모두가 '자유로운 영혼'이라며 부러워해 온 현민이 가명 49세가 툭 한 마디를 던졌다.

"뭘 이해를 못 해. 자기 엄마가 그렇게 사셨잖아. 혼자서 애들 키우며…"

아, 똑똑한 영혼… 예술가의 통찰력은 확실히 일반인의 그것을 넘어서는 거구나! 그 한 마디로 나의 궁금증은 모두 해결되었다. 석진이는 그녀에게서 어머니를 보았던 거구나. 자신이 이 세상에서 가장 사랑했던 여인, 어머니. 그 어머니가 그녀 안에 들어있었던 거구나.

안데르센의 동화 속 <눈사람>의 사랑도 다르지 않다.
따스한 봄이 오자 서서히 서서히 녹아내리던 눈사람의 잔해 속에서 집주인이 겨우내 찾았던 난로 부지깽이가 발견된다. 눈사람은 제 안에 숨겨진 부지깽이 때문에 사랑해선 안 될 난로를 그토록 흠모했었던 것이다.
다행히 석진이라는 눈사람과 그 아내는 녹아내리지 않고 서로 잘 살아가고 있다. 다섯 식구 더없이 화목하고 행복하게… 10년이나 제대로 본 적이 없으니 석진이와 어머님 관계가 어찌 되었는지는 잘 모르겠다. 혹시 내 오랜 친구 석진이네가 이 글을 본다면, 그런데 아직도 어머니와의 관계가 서먹한 채라면 이렇게 말하고 싶다.

결국 그대들을 맺어준 것은 어머님의 희생과 사랑이었다고. 이번 추석 연휴에는 어머님께 큰절 올리러 다녀오라고. 그런데 아마도 석진이는 이미 그렇게 해 오고 있었을 게다. 온 정성을 다해 석진이를 키운 어머님의 고결한 사랑과 희생의 정신이 석진이 안에 단단히 박혀 있을 테니 말이다.

2017. 10

우리가 잃어버린 것들?

가난한 신혼부부가 있었다. 둘은 한 달간 국내에서 신혼여행을 했다. 싸이판이나 괌으로 떠날 돈이면 한 달쯤 국내를 떠돌 수 있었다. 마침 둘 다 백수였고 신혼집은 옹색하기 짝이 없었다. 둘은 되도록 천천히 현실로 돌아오고 싶었다. 자동차 트렁크 속 커다란 여행 가방에 커플 티 대신 코펠과 브루스타를 담았다. 둘은 산 좋고 물 좋은 동네를 찾아다니며 많은 양의 끼니를 싸구려 모텔 방과 계곡 주변에서 해결했다. 주로 라면, 가끔은 고기도 구웠다.

'그렇게 한 달간의 여행을 마치고, 그들은 그 경험을 책으로 써 베스트셀러 작가가 되었다.' 였으면 얼마나 좋았을까.

그들은 더 가난해져 돌아왔고 다만 한 가지 진리를 깨달았으니 그것은 1급 계곡수로 몰래 끓여 먹는 라면이 이 세상에서 제일 맛있다는 사실이었다. 방 한 칸 신혼집에서 평범한 수돗물로 라면을 끓여 먹는 일이 살짝 우울해졌다. 그러나 아직 젊었으므로 둘은 가난을 부끄러워하지 않았다. 웃풍이 심한 겨울밤이면 백열전구 스탠드를 이불 속에 넣어 온기를 만들었다. 이외수의 〈들개〉에서 소개된 방법이라고 했다. 둘을 지켜보는 일은 씁쓸하면서도 흐뭇했다.

여자는 늘 둘의 첫 만남에 대한 이야기를 들려주었다. 원래 둘은 십 년쯤 '소 닭 보듯' 하던 관계였다고 했다. 남자가 친구들의 학교 선배여서 아주 가끔, 그러니까 십 년 동안 너댓 번쯤 보았었단다. 그런데 어느 날 저녁, 그날도 언제나처럼 우연한 합석이었다 그 남자의 머리 주변에서 오로라처럼 광채가 뿜어져 나오더란다. 여자는 직감했다. 아, 이 남자와 결혼하게 되겠구나.

그날 밤, 마침 방향이 같아 한 차로 귀가하던 둘은 도저히 이해하기 힘든 시각과 장소에서 극심한 교통 체증을 만났다. 기다려도 기다려도 풀리지 않는 도로 사정 덕분에 둘은 차에서 내려 단둘이 차를 한 잔 마셨고… 그로부터 1년쯤 후, 어려움 없이 자란 그 여자는 기꺼이 '가난한' 새댁의 길을 선택했다. 가난하고 무능한 상대, 그래서 그녀를 아끼던 모두가 반대했던 결혼… 그 무모한 도전은 그녀의 눈에만 보였던 신비로운 빛에서 비롯되었다.

유발 하라리의 〈호모 데우스〉를 읽다가 그 여자가 생각났다. 끊임없이 발달을 거듭해온 문명 덕분에 우리의 많은 능력이 퇴화했다는 대목에서였다. 심지어 원시 인류는 상대방의 심리 상태까지도 후각으로 알아낼 수 있었다고 한다. 그가 나에게 느끼는 감정이 두려움인지 부끄러움인지를 냄새로 알았다는 것이다.
지금의 우리에겐 초능력으로밖에 여겨지지 않는 다양한 감각을 우리의 먼 선조들은 가지고 있었다. 기상청 예보보다 우리 할머니 다리 상태가 날씨를 더 잘 맞춘다는 말은 근거 없는 우스갯소리가 아니다. 우리 DNA에 운 좋게 남아있던 여섯 번째 감각들이 능력 발휘를 한 것일 뿐. 어찌 된 이유인지는 모르겠으나 그 여자의 유전자에도 원시 인류나 누렸을 특별한 능력의 인자가 남아있었던 모양이다. 광채라니!

생각난 김에 오랜 시간 연락 없이 지내던 여자를 수소문했다. 광채를 내뿜던 남편과 과연 잘 살고 있을까? 여자와의 연락이 끊긴 게 얼추 십 년은 된 것 같지만 지금 세상은 전화 몇 통이면 불가능이 없다..

아…….

결과를 자세히 쓰지는 않겠다.
여자는 이혼하여 혼자 살고 있단다. 혼자가 되면서 가난과는 빠르게 이별해 잘 먹고 잘 살고 있지만 아직 이 사람 저 사람 만날 마음은 아니라는… 친구의 친구 얘기만 전해 들었다.

곤충들은 짝짓기를 할 때건 먹이를 찾을 때건 수시로 페로몬이란 호르몬을 내뿜는다. 연애에 관한 한 더 이상 부러울 수가 없다. 천생연분이 저절로 찾아지다니! 밀당의 긴 탐색전이 필요 없다니! 안 그런 곤충도 더러 있기는 합니다 그런 능력이 우리에게도 있다면 내 20~30대는 훨씬 안정적이고 편안했을 텐데….

그러나… 한 사람의 이야기를 일반화하는 것 같긴 하지만..
역시 현대사회에선 할머님 다리 상태보다는 일기 예보를 믿는 게 좋겠다. 우리에겐 곤충들의 페로몬 같은 신비한 능력이 없으니까.
그 여자의 육감이 그날 밤 발견한 광채의 존재를 나는 믿는다. 그 남자와도 어떤 부분에서는 분명 천생 연분이었겠지.
아마도 그 둘이 수 만 년 전의 숲속에서 만났더라면 버섯 따며 산딸기 따며 알콩달콩 잘 살았을지도 모른다. 하지만 이

복잡한 세계에선 좀 다르다.

후배들에게 '그래도 결혼할 땐 조건을 좀 보렴.'하고 정나미 떨어지는 조언을 하기로 결심한 이유다.

2017. 10

듣고 싶은 말

J가 정말 오랜만에 나를 찾아왔다.

방송사 아카데미 수업에서 선생과 학생으로 만난 인연을 이어서로 친구처럼 지냈던 J. 다들 그렇듯 사는 게 바쁘다 보니, 서로의 삶에서 조연급이던 처음의 배역은 엑스트라로 내려앉았다가 카메오가 되었다가… 그조차도 끊어져 회상신 scene에서나 가끔 만나던 차였다. J는 큰 비밀을 털어놓듯 사실 몇 년 전에 이혼했노라고 했다.

'아, 그래서 네가 그토록 열심히 물건을 팔았던 거구나…'

J는 잘 나가는 영업사원이다. 워낙 이직률이 높은 직종이라 성우 시험 준비를 포기하고 그쪽에서 일하려 한다고 했을 때, 잘해야 3년이겠지… 했는데 매년 우수사원에 선정되는 경지여서

판매 종목을 밝히지는 않겠다. 그 업계가 워낙 좁고 보수적이라며 J가 겁을 내서다 대견해하고 있었다. 연기에도 재능이 넘쳤지만 사람 상대하는 세일즈에 더 재능이 있었던 모양이라고 생각 중이었는데, 이혼 후의 절박한 경제 사정도 한 몫을 한 것 같았다.

"이호온?"
"네에 선생님."
"음… 그래 잘했다."

무조건 내가 참으면 되지, 나 하나만 참으면 모든 게 좋은데 뭐, 하며 사는 사람들이 있다. J도 그런 유형의 사람인 걸 잘 아는 나는 자초지종을 묻기 전에 잘했다, 고 먼저 말했다. 바보같이 참고 참고 참다가 더는 어쩔 수 없어 결정한 일이었을 거다. 문제는 없어 보였다. 직장에서 인정받으니 당연히 수입도 좋았고… 아이들은 처음부터 엄마밖에 몰랐다. 천군만마 같은 친언니도 둘이나 있고 무엇보다 더 이상 이상한 상대방과 그 가족들에게 휘둘릴 일이 없다.

그런데 J가 몸담은 업계의 보수성이 문제란다. 이혼녀에 대한 시각이 너무 안 좋아서 이혼 후 몇 년째 유부녀 행세를 하고 있고 그것이 참으로 불편하다는 얘기.

"까짓거 공개해. 너는 그 업계 몸담기 전엔 백수였어.
그런데 그동안 이렇게 많은 걸 이뤘잖아.
설사 그 조직에서 밀려난다 해도 맨땅에서 기적을 일
군 너 자신은, 그 경험은 사라지지 않아.
모든 걸 잃어도 자기 자신은 남는 거야.
너는 다시 새로운 곳에서 일어설 수 있어."

물론 말처럼 쉽지는 않을 것이다. 그러나 모든 걸 잃어도 살아만 있다면 나 자신은 남는다. 그 나를 믿고 J가 용기를 내기를 바랐다. 그리고 무엇보다도 J가 나를 찾아온 이유를 알기에 더 그렇게 강하게 말했다.

언젠가 S가 그런 얘기를 했다.

"뜬금없이 갑자기 연락해오는 후배나 친구들은 영락없어. 이혼 상담하려는 거야."

S는 그 사람을 배우자로 선택했다는 것 외엔 아무 잘못 없이, 오로지 상대방의 유책 사유로만 두 번의 이혼을 경험한, 그래서 그 지리멸렬한 과정을 아주 깔끔하게 마무리하고 두 번 다 멋지게 일어난 '돌싱녀'였다.

이혼을 마음에 품은 사람들은 그런 S에게 조언을 구하고 싶어 했다. 어차피 할 이혼이라면 S처럼 그 과정이 심플하길, 그 이후의 새 삶도 S처럼 그럴싸하길 원하는 그들의 무의식이 자신을 찾게 만든다는 게 S의 주장이었다.

그 얘길 들었을 때, 연애 문제로 고민하던 내 10대와 20대 시절이 떠올랐었다.
어떤 친구는,

'야, 야. 또 그 얘기니? 지겹다 지겨워. 그따위 남자 끝내버려.'
라고 말하는데

또 다른 친구는,

'그렇구나… 그래도 아직 확실한 건 없잖아. 미련이 남지 않게 더 가보는 것도 방법이야.'라고 말한다.

나는 상황에 따라 다른 친구에게 전화를 걸었다. 끝내려는 쪽으로 마음이 기울었을 땐 전자에게, '아직도 그대는 내 사랑'일 땐 후자에게… 물론 그 순간엔 의식하지 못한다. 하지만 우리의 무의식은 이미 답을 알고 있다. 내가 듣고 싶은 말이 무엇인지를. 그래서 그 말을 해 줄 사람에게 조언을 구한다. 십중팔구 그렇다.

좋은 상담사는 기본적으로 '그래, 그래' 하며 맞장구쳐줄 줄 알아야 하지만, 더 뛰어난 상담사는 상대방이 듣고 싶은 말을 들려주는 경지까지 가야 한다. 내담자가 스스로 답을 찾을 수 있도록 말이다. 물론 그 말이 도덕적 하자 없이 상대방에게 도움이 될 경우에 한해서… 그걸 어떻게 아느냐 누군가 되묻는다면.. 딱히 할 말은 없지만 말이다

J는 내 성격을 잘 안다. 까짓거 다 밝혀, 라고 말할 걸 알고 왔을 것이다. 그러니 J의 마음은 이미 밝힐 작정을 하고 있는 거다. 약간의 지지와 격려가 필요했을 뿐.

세상 모든 사람에게 다 통하는 룰은 아니지만 자기보단 남을 먼저 배려하는 게 당연한 일이라 여기며 살아가는 순한 마음씨의, 조금은 바보 같은 사람들에겐 늘 이렇게 덧붙인다.

"너 자신이 행복해야 해. 너 자신이 먼저 행복해져야 남도 행복하게 해줄 수 있는 거야."

J야. 내가 바라는 건 오로지 너의 행복이란다. 언제나 너를 제일 먼저 생각해.

이.

제.

는.

그래도 돼!

2017. 11

사랑에도 우연이 필요해

2011년 가을부터 7년째 탈북민 인터뷰 프로그램을 진행하고 있다. 매주 한 분씩 만났으니 이 땅에 뿌리내린 3만 탈북민 중 1%가 넘는 분을 만나 본 셈이다. 북한의 인권실태에 관한 한, 가장 많이 코끼리 다리를 더듬어 본 맹인 중 하나가 아닐까… 나 스스로 자부하는 이유다.

아는 만큼 사랑하게 된다고 했던가. 하루에 일주일치 녹음을 몰아서 하니 일단 만나면 꽤 오랜 시간 얘기를 나누게 되고, 방송 전 미리 읽어봐야 할 사전 인터뷰 분량도 만만치 않아서 마지막 회를 녹음할 때쯤 되면 초대 손님 인생의 모든 걸 알게 됐다는 착각이 들기도 한다. 그때마다 계속 알고 지내자고 굳은 약속을 하지만, 결국 방송이란 흘러 사라지는 것. 정작 개인적 만남으로 이어졌던 경우는 지난 7년 간 딱 세 번뿐이다.

그 중 한 분인 K선생님이 오늘의 주인공이다.

나보다 딱 한 살 언니인 K선생님은 단언컨대! 내가 아는 모든 여성을 통틀어 가장 아름다고, 우아하고, 지적이며, 따뜻한 사람이다.

K선생님을 처음 만났던 건 2012년 초봄이었다. 나는 그날 만남이 끝난 후, 마음이 너무 아려서 한동안 선생님 생각에 빠져 지냈다. 이 멋진 여성이, 하필 그런 땅에 태어나 그런 수모를 겪고 목숨을 건 탈출을 해야만 했던 일이 속상했고, 서양 사람들의 인종차별적 행동에는 입에 거품을 물면서, 외국인 노동자며, 특정 국가의 우리 동포들 조선족, 고려인, 또 탈북민들을 향해서는 그 몰지각한 인종차별주의자들과 전혀 다를 바 없이 구는 사람들이 우리 주변 곳곳에 있다는 점에도 화가 났었다.

요즘은 많이 개선되고 있지만 우리나라에 들어온 탈북민들은 제 아무리 뛰어난 전문직 종사자였다 해도 그 경력을 인정받지 못하는 경우가 많다. 의사, 교수 하던 분들이 여기 와서 포크레인을 몰거나 배관공이 되는 것이 그런 까닭이다. 물론 포크레인 기사나 배관공 역시 전문직이고 자격증 따기가 하늘의 별따기다. 일반인들이 삼수 사수 하는 이런 시험을 단번에 합격해

주변을 놀래키는 탈북민이 많은 것은, 그들이 전에 가졌던 직업의 난도가 높았었음을 증명한다.

북에 있을 때 명문 사범대를 나와 선생님을 했었던, 뼛속까지 선생님 피가 흐르는 K선생님은 나와 방송을 했던 2012년에만 해도 다시 선생님이 될 수 있을 거란 생각을 전혀 못 했었다.

'우리 언제 만나 차나 한잔해요. 꼭이요~'라는 문자와 톡을 5년이나 주고받고, 결국 올 봄, 5년 만에 다시 만났는데 그 세월 동안 선생님의 삶은 많은 것이 변해 있었다.

첫째, 그동안 선생님은 대학원에 진학해 상담심리 공부를 마친 뒤, 서울 모 초등학교의 정식 상담교사가 되어있었다.
둘째, 그리운 어머니를 남쪽으로 모셔오는 데 성공했다.
셋째, 달라진 환경에 방황하던 아드님이 진정한 꿈을 찾고 마음을 다잡았으며, 그 꿈에 딱 어울리는 최고의 직장을 막 찾은 참이었다.
그리고 네 번째, 나를 가장 기쁘게 한 변화다 K선생님이 인생의 반려자를 찾았다!

"지인에게 소개받아 만났는데… 첫 인상이 좋았죠… 그래도 이

나이에 굳이…. 결혼까지 해야 하나… 갈등이 좀 있었는데 두 번째 만난 날, 서로 아이들 이름과 나이 얘기를 하다가, 아, 이 사람이 진짜 내 짝인가 보다 생각이 들었어요. 세상에, 애들 이름과 태어 난 해가 거짓말처럼 친형제 같지 뭐예요?"

남자분은 슬하에 남매를 두었는데 각각 90년생 92년생이고 K 선생님 아드님은 91년생. 성도 '이'씨로 모두 같을 뿐만 아니라 세 아이가 다 외자 이름이라는 기막힌 우연과 마주쳤던 거다.

90년생 이훈 남자분 큰 아들
91년생 이영 선생님 아들
92년생 이진 남자분 딸

요렇게 깜찍한 우연이 어디 있을까… 물론 요즘 세상에 재혼이 흠도 아니고 아이들도 그런 걸 따질리 만무하지만 그들보다 조금 더 보수적이고 봉건적인 관념이 남아있는 윗세대는 조금 다르다.

그 봄날의 만남 이후, 내도록 선생님 이야기를 쓰고 싶었다. 제목도 정해두었다. <사랑에도 우연이 필요해>
그런데 쓸 수가 없었다. 아무리 사랑 얘기만 다루는 칼럼이라지만 탈북민들의 아픈 얘기를, 조금이라도 담아내야 하지 않을까… 하는 나만의 의무감… 그러나 그런 얘기는 무거워질 수밖에 없다는 거북함… 그런 것들로 마음이 복잡했기 때문이다. 하지만 결국 쓰기로 했다. 오늘 글이 평소처럼 말랑말랑하지 못해서 죄송하다. 허나 결론만큼은 이 칼럼의 주제에 명확하게 부합하지 않은가.

사랑에도 우연이 필요하다. 반드시!

지는 낙엽처럼 우수수, 기막히고 예쁜 우연들이 이 글을 읽는 모든 분 생에 쏟아졌으면….

2017. 11

나쁜 남자

세상 여자들이 선호하는 두 종류의 남자가 있다.

교회 오빠 종교의 종류, 우무와 상관없이 그리고 나쁜 남자.

교회 오빠 스타일인 남자들은 다정하고 섬세하다. 여성의 입장에서 생각하려고 노력한다. 그 남성이 사기 치는 것만 아니라면, 원래부터 속속들이 교회 오빠의 면모를 지닌 사람이 확실하다면 여성들은 당연히 이런 남자를 선택해야 한다. 물론 교회 오빠 유형의 남자와 결혼한 모든 여성들이 아무 문제없이 행복하게 잘 산다는 의미는 절대 아니다. 동서고금을 막론하고 이 땅의 모든 남자와 여자는 서로 완전히 다른 종족으로서 결코 그 간극을 좁히기 어렵다는 슬픈 학설이 있다. 그럼에도 불구하고 그런 남성을 선택하는 여성들은 현명하다. 문제는 나쁜 남자를 고르는 여자들이다. 저 잘난 여자가 도대체 왜 저런 놈에게 끌릴까 싶은 경우를 왕왕 봐오셨을 게다.

일단 나쁜 남자란 뭔지 정리를 해보자. 내가 생각하는 나쁜 남자는 이렇다. 대개 그들은 자기 여자에게 친절하지 않다. 연락도 자주 끊기고, 백일이며 무슨 무슨 데이며 하는 수많은 날들을 챙기는 일을 남성성의 상실과 동일시한다. 지가 무슨 나훈아, 조용필이라고 그러고 보면 방탄 소년단은 교회오빠들?! 여자가 필요로 할 때가 아니라 자기가 필요할 때만 간간히 등장한다. 심지어는 '나 나쁜 남자야.'라고 선언하기도 한다. 그런데도 참 이상하지. 멀쩡한 여자들이 그런 남자에게 끌린다.

'아냐, 말로는 저러지만 속 마음은 다를 거야.
뭔가 아픈 상처가 있기 때문일 거야.
조금 위악적일 뿐인 거야. 위악적인 사람이 위선자 사기꾼보다는 낫다구.'

그런 남자에게 끌리는 여자들은 대개 이런 생각들로 스스로를 위로하는 모양이다. 이처럼 상대 여성이 자신을 대변하게 만드는 기술 말고도 그들에겐 또 다른 나름의 필살기가 있다. 그 여자를 정신 못 차리게 하는 필살의 기술. 그것은 아끼고 아끼다 한 번 내뱉는 달콤한 말 한 마디일 수도 있고, 기가 막힌 입맞춤의 기술일 수도 있고, 우수에 찬 눈빛일 수도 있다. 그저 나쁘기만 해서는 여성에게 어필할 수 없으니 말이다.

심리학자들은 일찍이 여성들이 이런 남성에게 끌리는 이유를 분석해 놓았다. 여성들이 가정을 박차고 나가 생활 전선, 혹은 자아실현의 장으로 달려간 건 그리 오래 된 일이 아니다. 2차 세계 대전 이후 본격화된 이 흐름은 그 물살이 점점 빠르고 거세지고 있지만, 여전히 전 세계 많은 곳에서 가정을 지키고 돌보며 육아를 책임지는 것은 여성이고 경제활동으로 집 밖을 떠도는 것은 남성이다.

지구상 상당수의 여성은 언제나 내 옆에서 나를 살펴주는 엄마와, 대부분의 시간을 밖에서 보내고 늦은 저녁에야 집에 오는 아빠에 익숙하다. 그녀들은 나쁜 남자에게서 '부재 하는 아버지'의 단면을 발견하고는 '아버지'처럼 나를 사랑해 줄 사람을 찾았다고 착각하는 것이다. 그러나! 그들은 그냥 나쁜 남자일 뿐이다. 그렇게 자라난 이유는 각자 다르겠지만 현실의 그들은 그저 책임감 없고, 모든 관계에는 자기희생이 따른다는 기본 중의 기본을 모르는 덜 떨어진 사람들일 뿐이다. 그러니 이런 남성에게 빠져 있는 여성은 하루 빨리 그 착각의 늪에서 빠져나와야 한다.

나쁜 남자를 감별하는 법을 소개한다.

"지금 어디야?"

"누구랑 있어?"

이 기본적인 질문에 명쾌하고 구체적인 답을 내놓지 않고 신비주의를 고수하는 남성이 있다면, 그 남자는 나쁜 남자다.

그 남자와는 당장! 인연을 끊어야 한다. 그는, 적어도 지금 당신에게는 '나쁜 남자'이기로 작심한 사람이다. 솔직함은 관계에서 기본 중의 기본이다. 그 기본을 어기는 사람은 좋은 사람이기 어렵다.

사람에겐 다 좋은 면과 나쁜 면이 있다.

이 사람에게만은 좋은 사람이 되어야겠다고 작심하면 자신이 가진 제일 좋은 면을 꺼내 보일 수 있다.

'나, 좋은 사람 아냐.'

라는 말을 겸양으로 받아들인 적이 있는가? 혹은 겸양이랍시고 말해본 경험이 있는가? 사람의 인생은 말하는 대로 된다. 스스로를 좋은 사람이라고 말해야 한다. 그리고 실천해야 한다.

자상한 딸 바보 아빠들이 많아지고 있다. 덕분에 앞으로는 '나쁜 남자'에게 빠져 허우적대는 여성들이 줄어들지 않을까… 추측해본다. 그러나 이 추세대로 여성들의 사회 진출이 늘어난다면 머지않아 서점 심리코너에서 이런 신간을 발견하게 될 것이다. 〈나는 왜 나쁜 여자에게 끌리는 걸까?〉

남자고 여자고 좋은 사람 만나시기를 기원하며….

2017. 12

아직도, 아직도, 아직도 아픈…

입시철을 맞아, 나의 고3 겨울로 잠시 되돌아가볼까 한다. 몸도 마음도 몹시 추웠던, 처음으로 운명이라는 것에 대해 생각해 보았던 30년 전 그때로.

1986년 겨울, 점쟁이는 '이 아이가 사람을 몰고 다니는 운이라 어디에 원서를 넣어도 떨어질 거'라고 예언을 했다. 그깟 운명론에 굴한 것은 아니지만 정말이지 공부가 싫어서 재수만은 피하고 싶었던 나는 엄청난 하향 안전 지원을 했다. 그런데도! 그해 유독 내가 지원한 학과에만 벌떼처럼 학생이 몰려 그만 똑 떨어지고 말았다.

서로의 절망을 숨긴 채, 엄마와 나는 짧은 여행을 떠나기로 했다. 목적지는 당시 아빠가 근무하고 계시던 춘천. 물론 참가자 전원에게 내키지 않는 여행이었지만 그때의 우리에겐 뭐랄까…. 의식이 필요했다. 고3과 재수라는, 전혀 다를 바 없으나 엄청나게 달라 보이는 두 시간 사이에 찍어야만 할 마침표 같은 것. 그렇게 선택된 것이 바로 그 여행이었다. 당초에는 대입 축하 여행으로 계획되었던.

집에 한 대뿐인 차는 아빠가 춘천으로 가지고 가 계셨으므로 엄마와 나는 청량리역에 가서 경춘선을 타기 위해 버스를 탔다.

'아, 이 여행에서 돌아오면 재수생이 되야 한단 말이지… 한심하다… 아, 끔찍해… '

한숨을 내쉬며 무심히 차창 밖을 내다보는데 고궁 담벼락을 낀 보도 위에

아! 그 애가 있었다.

내가 태어나 처음으로 정식으로 데이트란 걸 했던, 딱 한 달 반이었다 처음으로 손을 잡고 길을 걸었던, 그 애 집 앞 횡단보도를 뛰어 건넜던 3초쯤이었다 십 대 후반 내내 마음속에 걸어두었던 아이.

재수생이 된 나와 달리 그 애는 명문 S대에 입학이 결정된 상

태였다. 그래서일까? 푹 썩은 나와 달리 그 애의 얼굴은 환하게 빛나고 있었다. 그 추운 겨울 아침, 찬바람 부는 거리에서 이를 다 드러내고 활짝 웃고 있는 그 애…
아, 합격의 기쁨만은 아니었다. 그 애 곁에는 긴 생머리의 여자 아이가 있었다. 손을 맞잡고 다정히 걷고 있는.. 나는 그날 그 순간 그 자리에서 그 아이들을 본 것을 그 누구에게도 말하지 못했다.

원래는 평범한 교회 친구였던 그 애와 내가 한 달여의 짧은 데이트를 했던 건 고1 겨울방학 무렵이었다. 몹시 엄한 부모님 밑에서 자라던 나의 '그 애'는 집에서 빠져나오기 위해 방학 동안 학교에서 하는 보충 수업을 신청했다. 나 역시 공부할 맘도 없으면서 그 애 학교 앞에 있는 독서실을 끊고는 날마다 그 애의 보충수업이 끝나는 12시를 기다렸다.
그 애의 귀가 시간인 오후 2시까지 우리에게 주어진 시간은 끽해야 한 시간 반. 낡고 추운 분식점에서 점심을 먹고 버스 정류장까지 있는 힘껏 천천히 걸어가는 게 다인 단조로운 데이트였지만 그것은 내게 매일 매일의 찬란한 축제였다.

그렇게 꿈결 같은 한 달이 가고 마지막 보충 수업이 있던 날. 무슨 일인지 나타날 시각이 한참 지났는데도 그 애 모습이 보이질 않았다. 저 여자 아이는 뭔가, 호기심 가득한 시선의 쓰나미를 낯 뜨겁게 견디고 견디고… 뭉텅이로 쏟아져 나오던 사내아이들의 숫자가 점점 줄어 더 이상 아무도 지나가지 않게 될 때까지 그 애 학교 앞 골목을 지켰건만… 그날 그 애는… 끝내 나타나지 않았다.

그로부터 몇 달 뒤, 그 애의 친구로부터 이런 얘길 전해 들었다. 문제의 마지막 보충 수업 전날, 누군가 내 이름을 대고 그 애의 집으로 전화를 걸었단다. 엄격하신 그 애의 어머닌 여학생으로부터 전화가 왔다는 사실만으로도 기암을 하셨고 급기야 아들을 학교에 보내지 않는 강경책을 쓰게 되었던 거라고.

하지만 그 누가 뭐라고 대신 변명을 해준대도 그 아이는 나와 계속 갈 마음이 없었던 거다. 그렇지 않았다면 어떻게든 연락을 취해 사과하고 모든 걸 원 상태로 돌려놓았을 테니까. 그 아이는 그날 이후 미안한 표정으로 멀찍이에서 나를 바라본 것 외엔 어떤 행동도 취하지 않았었다.

그 믿음을 확인시켜 준 것이 바로 그날, 그 아이 옆에 있던 긴 생머리의 여자아이다. 같은 교회에 다녔던 1년 후배 여자아이… 그때 내 이름을 팔아 전화를 건 것이 그 여자아이일 거라고 내가 의심해 왔던…

나는 이 글을 써내려가면서 30년이나 지난 그때의 일을, 그 아이에 대한 내 마음을 여전히 중언부언하고 있는 나 자신을 발견하고 상당히 놀랐다. 아, 아직도 그때 일로 이토록 마음이 어지럽고 아플 수 있다니.

이 혼란의 원인은 어린 소녀의 미해결 풋사랑 때문이 아니라 우리 사회에서 대학, 혹은 학벌이라는 것이 가지는 과도한 무게 탓인 듯하다. 그 아이에 대한 쓸데 없는 집착이 아니었다면 애초에 재수 따위 하지도 않았을 거고, 재수까지 하고도 원하는 대학에 가지 못하는 일도 없었을 거고, 그 이후의 모든 일들이 어쩌면 벌어지지 않았을지도 모른다는, '만약에….. 게임' 같은 것.

하지만 알고 있다. '만약에…'게임은 바보들이나 하는 거라는 걸. 그리고 무엇보다도 그 날 이후의 몇 년 간 세월이 어찌되었든 지금의 나는 지금의 내가 참 좋다. 내가 처한 상황, 위치, 역할…. 그런 모든 것들이.
그러니 아무런 통보도 없이 나를 '팽'한 그 애를 이제는 용서하기로 한다. 어쨌든 지금의 내가 있을 수 있게 한 하나의 통과

지점이 되어준 고마운 사람인 걸로, 그렇게 정리하자고.

다만 아물지 않은 채, 그냥 묻어두고 살아 온 상처가 내게 있었다는 사실만은 많이 놀랍다. 인생이 원래 그런 건지, 오로지 나라는 사람의 옹졸함 때문인지 알 수는 없지만 말이다.

2017. 12

우리를 가깝게 만드는 끈적임

종교와 정치와 연예와 교육을 단 한 사람이 총괄하던 시대를 우리는 제정일치 시대라고 부른다. 제사장인 단군할아버지는 종교인, 정치인, 선생님, 연예인의 역할을 당신 혼자서 모두 책임져야 했다. 그러니까 단군 할아버지는 오바마 전 대통령처럼 말 잘하고, 잘 생기고 유머 감각 넘치면서도 인기 아이돌처럼 춤과 노래에도 능하셨을 것이다. 그리하여 팬덤이 형성되고 그들은 하나로 뭉치게 되었겠지. 백성을 가르치고 한 데 뜻을 모으게 하고, 또 즐거움을 주던 집단 종교의식은 공동체 구성원을 끈끈하게 묶어주었다.

대학 시절 〈신화, 전설, 민담〉 과목을 가르치시던 교수님께선 그러한 소속감, 혹은 정 情의 원천이 '의식의 끝에서 우리를 기다리던 디오니소스적 축제'에 있다고 하셨다. 굉장히 어려운 말 같지만 풀어쓰면 별 것 아니다.

자신의 소유 중 가장 좋은 가축과 소작물을 바쳤던 고대의 축제를 보자. 사실 신은 음식을 먹지 않는다. 신께 바치기 위해 소중하게 거두어진 그 많은 음식은 누구 차지인가. 결국 그것은 그 제례를 준비한 자들의 것이다. 실제로 종교 의식 후엔 인간계의 잔치, 축제가 시작된다. 사람들은 먹고 마시며 노래하고 춤추고 어우러진다. 그리고 그것은 오늘날에도 전혀 변하지 않았다. 집안 제사나 차례가 끝나면 온 식구가 함께 모여 밥을 먹고 술도 마신다. 오래도록 준비한 행사나 공연이 끝나면 역시 구성원 모두가 함께 모여 먹고 마신다. 교수님께서는 이 어우러짐의 시간에 인간의 역사가 이루어졌다며 그 안에 숨겨진 놀라운 힘 두 가지를 꼽아주셨다.

바로, 침과 땀.

교수님께선 조금 더 과학적이고 고상한 '체액'이란 용어를 쓰셨던 걸로 기억한다. 아마도 그것이 더 정확하고 광범위한 표현일 것이다.
공동체를 묶어주는 체액이라니, 그건 또 무슨 소리일까?

아무리 깔끔 떠는 사람도 침 한 방울 안 섞이게 타인과 음식을 나누어 먹기는 불가능하다. 가족이란 결국 음식을 나누며 서로의 체액 침을 섞는 관계다. 친구도, 연인도, 직장 동료도 함께 음식을 나누어 먹으면서 가까워진다. 피구나, 농구, 축구 같은 학교 체육 시간의 활동은 학생들끼리 서로의 땀을 섞도록 만든다. 신입생 오리엔테이션이나 MT 프로그램 속에 포크 댄스 같은 게 들어있으면 참가자들은 이게 무슨 구시대적 발상인가 하며 난처함을 넘어 불쾌감을 드러내기까지 하지만, 그 프로그램을 기획한 사람은 '뭔가 아는 똑똑한 사람'이 분명하다. 서로의 팔짱을 끼고 돌아나가는 동작, 손바닥을 마주 대는 동작, 그런 것들은 알게 모르게, 나노 단위의 마이크로 세계 속에서 우리의 체액을 마구 마구 섞어댄다.

처음으로 손을 잡고 나서, 혹은 첫 키스나 첫날 밤 이후에 연인들의 관계가 더 깊어지는 것도 마찬가지 논리다. 언제나 관계의 시작은 함께 밥 먹고 차 마시고, 침 튀기며 얘기 나누는 것.

고대인들은 종교 의식 후 한바탕 축제를 벌였다. 그 전통이 오늘까지 이어진 것이 설이고 추석이고 크리스마스다. 크리스마스는 연말에 서로 선물을 주고 받던 로마의 축제를 기독교에서 차용한 것 요즘 젊은 직장인들은 상사가 집들이 얘기를 꺼내면 몹시 못

마땅해 한다. 아이젠 세대 스마트폰을 분신처럼 여기는 젊은 세대를 이렇게 부른다고 한다는 아예 면대면 面對面 소통 자체를 즐기지 않는다. 그러면서들 외롭다고 한다. 외로움의 반대는 끈적임이다. 외롭지 않으려면 사람들 사이에 섞여 있어야한다. 그들과 침과 땀과 그것을 넘어서는 더 많은 것을 섞고 나누어야 한다.

외롭다면서 자꾸만 안으로 움츠러드는 젊은 세대에게 오늘의 내 얘기가 좀 더 스며들도록 다음 일화를 소개한다.

지난해 가을이던가 해외 뉴스에서 본 한 쌍의 연인 이야기다. 호주인지, 대만인지 국적은 잊었지만 최근에 큰 수술을 받고 목숨을 건진 한 여성이 수술 후, 우연히 한 남성을 만나 사랑에 빠졌다. 특이하게도 그 둘은 똑같은 희귀 혈액을 가진 사람들이었고 또, 그 남자가 정기적으로 헌혈 봉사를 해왔던 터라, 혹시나, 하고 수술 당시의 수혈 기록을 뒤졌더란다, 세상에나! 이 두 연인은 간단한 추적 조회만으로 그 여인이 수술 중 수혈 받은 피가 그 당시 그 남자가 헌혈했던 바로 그 피였음을 알아내곤, '우리처럼 운명적인 만남이 또 있으면 나와 보라'고 온 세상을 향해 외치게 되었다.

우연, 혹은 운명이라고?
아니다. 이것은 물리적인 현상이다. 그녀 몸속에 들어온 그 남자의 피가 그녀로 하여금 그 남자를 사랑할 수밖에 없도록 만든 것이다.

맘에 둔 누군가가 있는가?
그렇다면 2018년 새해엔 그를 직접 만나야 한다. 그리고 되도록 침을 섞을 수 있는 음식을 먹고 함께 땀 낼 수 있는 활동을 해야만 한다.

우리를 가깝게 묶어주는 강력한 마법은 아주 가까운 곳에 있었다!

2018. 1

그녀가 마작판에 끼어든 이유는?

서른 무렵의 3년쯤을 중국 베이징에서 보냈다. 이곳저곳의 한국어 강사였던 나는 그중 한 곳인 인민대학교 유학생 기숙사에 머물고 있었는데 방학이 되면 가끔 마작 모임을 열었다. 딱 지금 이 맘 때쯤이었다. 많은 유학생들이 고국으로 돌아가거나 중국 여기저기로 여행을 떠나 기숙사 안은 썰렁했고 인터넷도 안 되던 때라 달리 무슨 여흥이 없었다. 날까지 추운데 어디 나가 놀 곳도 없는 가난한 유학생들은 내 방에서 열리는 마작 파티를 몹시 기대했다. 우리는 중국의 대중문화를 섭렵한다는 미명하에 열심히 마작 패를 돌리고 부수고 쌓았다. 그런데 어느 날, 절대로 절대로 이런 모임엔 끼이지 않을 것 같던 일본인 N이 내 방문을 두드렸다.

내 방은 공동 세면장 입구에 있어서 같은 층에 사는 모든 학생들의 생활 패턴을 자연히 알 수 있었다. 법학 전공 대학원생이던 N은 기숙사 8층에서 가장 외로워 보였지만 유일하게 별명을 가진 유명인사였다.

'똑딱이'.

수업이 있건 없건 방학이건 학기 중이건 매일 아침 같은 시간에 일어나 같은 시간에 방 불을 끄던 그녀. 샤워 시간도 세탁 시간도, 심지어 볼 일 보러 나오는 시간까지도 딱 정해져 있어 기숙사의 시계와도 같았던 그녀가 밤새워 마작을 하겠다고?

몹시 의외였지만 나로서는 대 환영이었다. 마작은 딱 네 명의 멤버가 필요한 게임이고 이미 골수파 네 명이 정해져 가는 중이었지만 체력 부족으로 밤샘이 힘에 겨웠던 나로서는 그녀의 합류 덕분에 객들이 '훌러'를 외치는 동안 옆에서 쪽잠도 잘 수 있었고, 게임의 흐름을 방해하지 않고 야참도 만들어 내올 수 있었다. 마작도 좋았지만 나만 학생이 아니라는 외로움을 떨치는 게 더 큰 목적이었던지라 그렇게 손님 접대와 시중을 드는 것이 더 즐거웠다. 모두 즐겁게 밤새 마작을 두고 동이 터오는 아침, 시장에 나가 사먹던 훈뚠 중국의 아침 식사용 만둣국과 꽈베기 맛을 어찌 잊으랴…

이런 저런 사정으로 그 시절 친구들 연락처를 하나도 알지 못한 채 서울로 돌아온 나는 조금씩 모든 기억을 잊어가고 있었는데 페이스 북이라는 시대의 요물 덕분에 그녀와 다시 연락이 닿았다. 황급히 전화번호를 교환하고 20년 가까이 안 쓰고 살았던 중국어로 통화를 하게 되었는데…. 아직도 마작을 즐기냐는 나의 질문에 그녀가 준 대답은….정말 의외였다. 마작이 좋아서가 아니라 '손끝' 때문이었단다.

손끝?

마작 멤버 중 하나였던 J는 박사 과정이 끝나가던, 아주 유쾌한 미남자였다. 그 짧은 중국어로 어떻게 그렇게 모두를 웃길 수 있는지, 나도 참 좋아했던 선배인데…
그에게는 곧 결혼할 예정인 여자 친구가 있었고, 그녀가 한차례 베이징까지 다녀갔기 때문에 그녀의 존재와 그 빛나는 미모를 대부분의 기숙사생들이 알고 있었다. 주변 소식에 어두웠던 N만 아무 것도 모른 채 그를 좋아했던 것이다. 처음엔 먼발치에서만 보던 그가 좋아서 마작판 문을 두드렸고 대화를 통해 가까이 할 수 없는 사람이란 걸 알았기에 이내 포기하려고 했지만, 게임과 게임 도중 패를 섞을 때 그와 손끝이 스치는 순간, 그 찰라의 짜릿함이 너무 좋아서 멈출 수가 없었다는 것이다.

순간, 아주 오래 된 프랑스 영화 <남과 여>가 떠올랐다. 너무 오래 전에 보아서 자세한 내용은 하나도 기억나지 않지만 아직 국민학생이던 내가 그 지루한 흑백 영화를 끝까지 보았던 것도 손끝의 감동 때문이었다.

남자 주인공과 여자 주인공은 N과 J처럼 이루어지기 힘든 상황에 처해 있었다. 그러나 둘은 선을 넘어서는 안 된다는 걸 알고 있는 교양 있고 양심적인? 사람들. 그럼에도 둘은 숨겨 온 마음을 들켜버리고 마는데 그것이 바로 손끝 때문이었다.
각자의 아이들을 데리고 자그마한 배에 올랐을 때였다. 그 둘의 손끝이 스치는 순간이 나온다. 처음엔 그저 우연히 스쳤지만 결국엔 두 남녀가 '에라 모르겠다.'라는 심정으로 손을 맞잡는다. 내가 만든 망상일 수도 있다. 둘의 손은 그냥 스치기만 했을 수도 그때 나는 내 가슴 속에서 열매 하나가 툭 떨어지는 것 같은 느낌을 처음 경험했었다.

툭!

아마도 그런 느낌이었겠지. 짜릿하고 감미로운… 그러나 조금은 놀랍고 두려운…
말로 써놓고 보니 영 부족하다. 어쨌거나 사랑은 터치다. 백 마디 말보다 한 번의 손길이 더 많은 걸 말한다. 어쩌면 모든 것을…

J가 느꼈건 말았건 N에게 그 순간은 황홀한 찰나였고 영원히 잊을 수 없는 가장 소중한 기억이다. 물론 사랑의 상대성 이론을 믿는 나는, J도 그 순간, N에게 흔들렸으리라고 믿는다.

가슴 속의 열매가 툭 떨어지는 순간….

이제는 영화 속 주인공에 빙의되어야나 느낄 수 있는, 내 것이 아닌, 내 것이어서는 안 되는 그 느낌… 그 느낌을 간절히 칫고 있을, 당당히 누릴 권리가 있는 솔로들이 부럽다고 말하면 부도덕한 사람이 되려나? 그 정도로는 성에 안 찬다는 사람들에게는 간이 콩알만한 한심한 사람이 되고?

각설!

사랑은 손끝에서 온다.

2018. 1

내 찌질함을 고발한다

오늘은 레드라이트다. 스스로의 비겁을 고발하는,

성우도 연기자라고 하면 고개를 갸웃하는 사람이 간혹 있지만 내 직업인 성우는 연기자가 맞다. 나도 한때는 대학로에서 연극을 했었고 현재는 연예인 노조 소속 연예인이다. 그런 내 눈에는 엄청난 부와 명예를 자기 힘으로 쟁취한 미국의 헐리웃 여배우들이 이 세상에서 제일 잘 난 사람으로 보인다. 예컨대 안젤리나 졸리라거나 메릴 스트립 같은 여성들… 나와 같은 빛깔의 재능을 가지고 태어나 비슷한 꿈을 간직하고 노력했지만 그들이 이룬 것과 나의 처지는 비교가 불가능하다. 아무도 들어주지 않는 라디오 드라마 속의 여배우, 누가 들을까 싶은 프로그램의 라디오 MC…

그러나! 약간의 아쉬움이 없다면 거짓이겠지만 내 처지를 처량하게 느껴본 일은 없다. 좋아하는 일을 하면서 밥벌이를 한다는 것은 행복한 일을 넘어 축복에 가깝다. 나는 축복받은 사람이다.

그러나 어쨌든 내 눈에는 세계 최고인 그녀들조차도 21세기를 20년 가까이 흘려보내고 나서야 겨우 용기 내어 시작한 것이 지금의 <미투>운동이다.
정확한 이유를 알 수 없는 남성 우위의 지배구조는 내 생각이 아니고 21C 최고의 석학 유발 하라리가 저서 <사피엔스>에서 한 말이다. 남성 위주의 지배구조가 이토록 오래 지속된 근본적 원인을 알 수가 없다고 역사가 기록된 이래 굳건히 세상의 여성들을 옭아메어 왔고, 이제 겨우 선진국의 선진 문화 속에서나 조금씩 평등의 흉내를 내어가고는 있지만… 보라, 헐리웃의 여배우들조차도 부끄러워 침묵했던 것이 성희롱이요 성추행, 나아가 성폭력이다.

우리나라에선 서지현 검사가 첫 횃불을 들었다. 그녀의 용기 있는 고백으로 여기저기서 <미투>를 외치고 또 지지한다. 그들의 슬로건은 <당신 잘못이 아니다!> 물론 나도 그들의 용기에 뜨거운 응원의 박수를 보낸다. 당신의 잘못이 아니라고 그러니 다 털어놓아도 된다고 어깨 토닥여주고 싶다.

그러나! 나 자신에게는 그럴 수 없다.

왜?

나는 헐리웃 여배우도, 대한민국의 검사님도 아니기 때문이다. 내가 여기서 주저리 주저리 까발리고 싶은 남성들의 수준도 방송사의 이름 없는 PD이거나 오가며 만난 외주 제작사의 파리 목숨 사내들이다. 혹은 나와 같은 직업을 가진 누군가이겠지. 내가 아무리 악다구니를 써도 누구 하나 관심 갖지 아니 할 무명씨들… 그러니 나는 별 효과도 없을 일에 내 불쾌한 과거를 돌이켜 들춰내고 싶지 않은 것이다. 이런 느낌이… 과연 나만의 것일까?

대학원 시절, 이런 일이 있었다. 언론홍보대학원이라는 이름을 가진 그 대학원엔 방송과 광고쪽 사람 외에도 각 기관, 예를 들자면 국정원, 경찰, 은행, 대사관… 등에서 홍보 업무를 보는 사람들도 꽤 재학하고 있었다. 그 중 내가 '형'이라고 불렀던, 연배가 나보다 너댓 살 위인 한 공무원 동기생이 술자리 2차였던 신촌의 어느 노래방에서 나를 강제로 자기 무릎 위에 앉히려고 한 일이 있다.

원래 나쁜 사이가 아니었기에 "왜 이래요, 형!"하며 한두 번 만류했지만 덩치가 산만한 그 남자는 강제로 나를 무릎에 앉히고야 말았고 그대로 용수철처럼 튕겨 일어난 나는 이게 무슨 무례한 짓이냐고 큰 소리로 화를 냈다. 그리고 재빨리 주변을 둘러보았다. 누군가 내 편을 들며 함께 그의 무례함을 비난해 주리라 기대하면서. 그러나, 말리는 시늉이라도 했었던 나머지 동기 중 그 누구도 나서는 사람이 없었다. 그들의 시선은 오히려 나를 힐책하고 있었다. 나는 그들에게 '흥겹던 판을 깬' 억센 여자일 뿐이었다.

이런 일도 있었다.
한 공중파 PD가 자기와 잠자리를 같이 하지 않으면 자기부서 전체에서 일을 못하게 하겠다는 협박을 했던 적이 있다. 물론 내가 젊고 예뻤던 20여 년 전 얘기다. 모든 것이 그의 말씀대로 되었다. 나는 그 부서에서 일하지 못했다.

글쎄… 그의 이름과 정확한 소속을 공개할 수도 있지만 나는 여전히 이런 저런 것들이 부끄럽고 두렵다. 대체 내가 어떻게 보여졌길래 그런 말이나 들었을까…

당시 그 얘길 듣고 분노한 친오빠는그 문제를 언론에 터뜨리자고 했었다. 그때도 지금도 방송기자인 오빠에게 그건 어려운 일은 아니었을 것이다. 심지어 현재는 방송기자협회 협회장님이시다 그러나 나는 본능적으로 알고 있었다. 그런 짓을 했다가는 나는 어디에서도 밥벌이를 할 수 없을 거란 것을.

그 일이 있은 후 6~7년쯤 후, 정말 훌륭한 인품의 소유자라고 생각했던, 한 원로 PD에게 그 놈의 만행을 고자질한 적이 있다. 나에게 해코지를 한 그 놈과는 다른 사람이라 믿었기에, 그저 누군가에게 '임금님 귀는 당나귀 귀'라고 외치고 싶은 마음에 얘길 꺼냈던 건데… 그 대화 이후, 나는 다시는 그 원로 PD의 얼굴을 보지 못했다. 그 분 어머님 장례식장에 찾아갔을 때조차도 상주인 그는 잠이 들었다는 핑계로 모습을 드러내지 않았다.

소심한 그 어르신에게 나는 언제 어디서 무슨 시한폭탄을 터뜨릴지 모르는 위험한 여자였던 모양이다. 비록 자기는 현업을 거의 떠났고 그 후배 PD를 좋아하지도 않지만 그런 얘기를 떠드는 여자는 피해야 할 골치 아픈 존재라고 여겼던 거겠지. 결국 이렇게 떠벌이고 있지 않은가!

글쎄… 설마 자기도 비슷한 제안을 하려던 참이었을까? 니가 나에게 잘 보이면 후배들이 만든 금줄을 내가 풀어줄 수도 있는데. 하고? 아니 아니, 그 어른은 그 정도는 아니었을 거라고 믿는다.

어찌 됐든 혹시라도 위 등장인물들께서 이 글을 읽는다면 본인들만큼은 자기 얘기란 것을 알 것이다. 그리고 정해진 수순대로 어떤 핑계로건 나를 음해하고 다니겠지. 명예훼손이라고, 자기가 그렇게 했다는 증거가 있냐며 소송을 걸어오는 건 아닐까? 나는 이 글 속에서 그들의 이름 한 자 밝히지 않았는데?
아… 이것이 현실이다.
내가 이렇게 겁 많고 소심한 여자라는 것. 나는 〈미투〉 대열에 합류할 용기도 없고, 설사 한다 해도 아무 파급력이 없을, 그럼에도 그 피해만큼은 고스란히 나에게 돌아올, 그냥 평범한 여자다. 더 가슴 아픈 것은 이 땅에 수많은 또 다른 내가 있다는 것.

그나마 나는 직업 특성상 조직 생활을 오래 하지는 않았다. 그래서 그런 험한 꼴들을 겪고 난 후엔 좋은 사람들만 선택해서 일할 수 있었다. 조금 적게 버는 건 괜찮았다. 굴욕을 견디는 것보단 나았으니까. 하지만 조직 생활을 하는, 그래서 매일 매일 그 불쾌한 상대의 얼굴을 억지웃음으로 마주해야 하는 여성들은 어떤 심정일까….

힘없는 여성들은 알고 있다.

나대지 말아야 한다는 것을

내 밥줄은 내가 지켜야 한다는 것을.

오늘 나는 나를 고발한다.

〈미투〉할 수 없는 나의 비겁을…

2018. 2

<내 찌질함을 고발한다>에 대한 변명

출신 방송사에서 더빙 경력을 쌓지 못한 나는 자연스레 타 방송사에도 진출하지 못했다. 세상은 경력이란 걸 중시하기 때문이다. 그렇다고 '제발 저 좀 써주세요', 하며 도시락 싸 들고 쫓아다닐 수도 없는 일. 나는 그냥 라디오 드라마와 MC일, TV 교양 오락물에서의 내래이션 작업만을 주 업무로 받아들였다.

하지만 어느 날인가 네이버 지식인에서 이런 질문을 읽고 참 마음이 아팠다. <안소연의 성우 되는 법>이란 책 쓴 안소연은 성우가 맞나요?
세상에나… 성우 업무란 만화 더빙밖에 없는 줄 아는 독자들은 내가 성우란 것조차 믿을 수 없었던 것이다. 하여 이 지면을 빌려 독자에 대한 예의로 변명을 좀 덧붙일까 한다.

더빙 경력이 없다면 책에 쓰인 더빙에 관한 설명은 다 거짓이란 말인가?! 하고 불쾌해 하실까 봐 말이다.

결론부터 말하자면 더빙 경력은 많이 있다. 방송사 더빙만 별로 없을 뿐이다. 내가 성우가 되었던 90년대에는 국내영화 더빙이 많았다. 그때는 A급 남자 배우와 신인 여배우의 조합으로 개봉하는 영화들이 대부분이었는데 이런 경우, 남자주인공 목소리 연기는 원래 배우가 하지만 신인여배우 연기는 주로 성우들이 했다. 해서 당시 탑을 찍고 있던 최민수나 최재성 등의 스타 배우들과 호흡을 맞추며 음절 하나하나까지 딱딱 맞추는 고난도 더빙을 꽤 했었다. 여주인공이 두 명이었던 어떤 영화에서 엄정화와 함께 작업한 일이 있는데 그녀가 그때 무슨 속상한 일이 있어서 배병수라는 역사적 인물이 그녀를 괴롭혔다. 이 이름 기억하시는 분은 최소 나이 40 내 품에 안겨 펑펑 울었던 적이 있다. 엄정화를 좋아하는 내가 두고두고 친구들에게 자랑했던 일화다.

내가 말야 엄정화를 품에 안았던 사람이야

각설, 만화나 외화 더빙은 방송사에서만 하는 것도 아니다. 대한항공이나 아시아나 국제선에서 틀어주는 영화들은 다 더빙이 되어있다. 이 더빙은 방송사가 아니라 항공사에서 준비하는

데 이런 더빙에도 많이 참여했다. 또 성우들이 100퍼센트 캐스팅 권한을 가진 성우 소리 봉사단의 더빙쇼에서는 숙원이었던 만화 속 남자주인공역도 실컷 해보았다.
그러니 혹시라도 이 책을 읽는 성우 지망생이 계시다면 <안소연의 성우 되는 법>을 쓴 안소연이 성우가 맞다고 알려드리는 바입니다.

2019. 5

연애 도사들의 숨겨진 아픔 I

다음 회에 계속

18세 때, 다른 사람들이 나를 어떻게 생각하는지 걱정한다.
40세 때, 사람들이 나를 어떻게 생각하든 개의치 않는다.
60세 때, 어느 누구도 나에게 관심이 없다는 것을 깨닫는다.

사회공포증이 있는 사람들에게 상담자들이 들려주는 '18, 40, 60의 법칙'이다.

사람들은 기본적으로 타인에게 그다 관심이 없으니 그들과 섞이는 것을 너무 두려워하지 말라는 의미에서 만들어진 법칙이다. 뭐 이 글을 읽는 당신이 아이돌 스타이거나 손흥민, 정현 선수급의 스포츠 스타라면 얘기가 다르겠지만 대부분의 갑남을녀는 자신과 같은 레벨의 갑남을녀에게 큰 관심이 없다. 따라서 대인 공포증 같은 거 갖지 말고, 당당하게 살아도 된다.

나는 이 법칙을 처음 알았을 때, 내 깨달음의 경지에 잠시 감격했지만 참 서글픈 깨달음이었다. 어느 누구도 나에게 관심이 없다니… 나이 불문, 아직 혼자인 사람들, 짝 찾기를 조금이나마 희망하는 사람들에게는 이 법칙을 절대 알려줘선 안 되겠다고 다짐했다. 다른 사람이 나에게 아무 관심이 없다고 느끼는 것만큼 서글픈 일이 어디 있으랴.

어디까지나 편협한 내 의견이지만, 기본 의식주가 해결된 뒤 사람이 원하는 건 딱 한 가지다.

인정 人情이 아니라 認定.
일과 사람으로부터의 인정.

나를 둘러싼 사람들로부터, 내게 주어진 일에서 그게 공부건 영업 능력이건 말이다 인정받고 싶다는 것.
그런데 일에서 인정받는 것도 무척 중요하지만 행복을 위해 더 필요한 것은 사람들로부터 인정받는 것이다.
나를 둘러싼 사람들.
가족, 친구, 선생님, 직장 동료…. 때로는 멋진 이성으로부터 인정받는 것.
저 사람 참 괜찮은, 매력적인 사람이라고. 참 진국이라고 인정받는 것. 우리 모두는 그걸 원하지만 그건 참, 퍽이나 어려운 일이다.
모든 정신 분석의 끝이 '내 엄마가 문제였군.' 이라는 건 이제 상식이다.
어린 시절 엄마와의 관계에서 충분히 인정받지 못한 경험과 상처는 그 사람의 평생을 쫓아다니는 어두운 그림자가 된다.
엄마들은 흔히 말한다.

"내가 너 때문에 못 살아, 못 살아."

덤을 좋아하는 분들은 이런 악담도 넉넉히 주신다.

"꼭 너 같은 자식 낳아서 키워봐라."

이 말이 아이에게 주는 상처는 무의식 저 깊은 곳에 새겨져 지워지지 않는다. 비극은 거의 모든 엄마가 그런 악담으로 아이를 키운다는 것. 관계에서 인정받는 것에 익숙하지 못한 대부분의 사람들은 그런 악담을 듣고 컸거나 혹은 그에 준하는 상처를 입고 자라난 사람들이다. 당연히 연애라는 친밀한 관계 맺기에서도 어려움을 겪는다.
그런데 이렇게 관계 맺기에 서툰 그들이 종종 연애도사라는 타이틀을 거머쥔다는 사실을 알고 있는가?

그들의 문제는 이성과의 관계 맺기가 너무나 쉽다는 것이다. 참을 수 없는 연애 걸기의 가벼움이랄까? 굳이 어려운 말로 하자면 그들은 '경계성 인격 장애'라는 걸로 고통 받는 중이다.

'경계성 인격 장애'를 가진 사람들은 자기만의 어떤 기준선이 있어서 상대방이 그 선을 넘어서는 순간, 그 관계를 받아들이지 못한다. 그들도 사람인 이상 누군가와 관계를 맺고 살아가겠지만 예를 들어 '절친'이라는 관계, 그 관계에서만 느낄 수 있는 끈끈함이 어떤 것인지를 경험치로 알지는 못한다. 그저 막연히 상상하고 본인도 그런 관계의 누군가가 있는 척할 뿐이다. 이들의 증세는 자폐와 다르다. 관계 맺기가 싫은 것이 아니라 두려워서 피하는 것이다.

그러나 이들도 외로움을 느낀다. 누군가가 그립고 깊은 애착관계를 맺기를 원한다. 특히나 인간인 이상, 이성으로부터의 인정이 필요하다. 그러다 보니 자신들만의 방식으로 연애를 한다 물론 애초에 문 걸어 잠그는 사람도 있지만 그건 열외로 치자.

그중 일부는 아예 365일 내내 연애 중이다. 그것도 막 시작한 연애 중. 그러나 곧 끝날 것이 분명한 한 달, 혹은 두 달 짜리 연애 중.

매번 초기 연애에 성공하는 비결이 무엇인지는 차차 고민해

보자. 어쨌든 그들은 남들이 보기에는 연애 도사로 보인다. 그린라이트의 상징인 짜릿함을 만끽하며 연중무휴로 달달한 연애를 즐기고 있기 때문이다. 그러나 그들의 진정한 소망은 무난한 연애, 조금 지루할지라도 '스테디한' 관계를 갖는 것이다. 01OB의 노래 <아주 오래된 연인들> 같은 연인을 가져보는 것.

S는 언제나 연애 중이었다.
스켈레톤의 윤성빈 선수처럼 압도적 1위에게만 켜진다는 그린라이트!
그 어려운 걸 1년 내내 번쩍거리며 늘 새로운 남성과 열애 중이었다.
빼어나게 이쁜 것도 아니고, 부잣집 딸도 아닌데... 도대체 비결이 뭘까 주변 친구들은 궁금했다.
모두 자기를 부러워하는 걸 알면서도 S는 종종 입이 나와 있었다. 지난번에 헤어진 남자도 알고 보니 너무 시시했다면서… S는 늘 트집 잡을 거리를 찾아내 관계를 끝내곤 했다. 흠 없는 사람이 어디 있겠는가.
그러던 어느 날! S앞에 완벽한 남자가 나타났다. 사람마다 멋진 남자에 대한 선호가 다를 테지만 구경꾼인 내 기준에서는 펄펙트한 남자였다.

첫째. 키 크고 잘 생겼다. 조각 미남, 꽃미남… 그 어떤 말로도 표현이 안 됐다.
둘째. 전도유망했다. 명문대 석사 과정인 그는 학부 입학 이래 부동의 과 수석으로 교수 자리는 따 논 당상이라고 주선자가 말한 바 있다.
셋째. 게다가! 부잣집 아들이었다. 이 남자는 고급 호텔이나 유명 빌딩의 라운지라는 곳이 아니면 밥을 사지 않았다.
그 외에도 사소한 장점들이 차고 넘쳤다. 옷도 잘 입었고, 헤어스타일도 그만이었으며 매너도 굿이었다. 그리고 무엇보다도 S를 많이 좋아했다.
도대체 그 남자는 뭐가 부족해서 평범하기 그지없는 S에게 끌렸던 것일까?

궁금증만 던져 놓고 다음 화에 계속^^;;;

2018. 2

연애 도사들의 숨겨진 아픔 II

S의 외모를 냉정하게 평가하자면 상위 30%의 끝자락쯤? 그것도 풀 메이컵을 한 상태에서 그 정도였다. 게다가 S에게는 조금 이상한 구석이 있었다. 곱디곱게 화장을 하고서는 넝마 같은 옷을 입는다든지, 다들 숨어서 피우는 담배를 굳이 첫 대면에서부터 뻑뻑 빨아댄다든지, 발라드 아니면 운동권 가요 둘 중 하나를 선택해야만 했던 그 시절, 전국 노래자랑에 나오는 트로트 음악만 듣는다든가… 그런 행동들이 이성에게는 별로 매력적일 것 같지 않았건만 묘하게도 그녀의 애프터 확률은 90%였다. 우리는 그것이 어딘가 부당하다고 생각했다. 예전에는 애프터라는 말을 많이 썼다. 소개팅, 미팅에서 만난 남녀가 서로 맘에 들어 한 번 더 만나기로 하는 걸, 애프터 신청했다, 애프터 받았다, 라고들 했다

그 조각 미남을 만나던 날도 S는 분위기 좋은 카페 탁자에 한쪽 팔을 길게 뻗고 엎드려 정신없이 잠을 자고 있었다고 했다. 쌍팔년도의 아가씨가 이성과 처음 만나는 자리에서, 그것도 굳이 일찍 도착해서 쿨쿨 잠을 자고 있다? 그런데도 그 조각미남은 S에게 첫눈에 반했다?

나는 그녀에게 빠져들었던 남자들이 '의외성'을 사랑했던 거라고 생각한다.
S는 소위 '이대 나온 여자'다. 그런 여성에게 기대하는 세상의 선입관, 혹은 편견 같은 걸 가차 없이 깨부수는 그녀의 행동에서 사람들은 의외의 신선함을 느꼈던 거다. 평생을 엄친아로 살아 온 그 조각미남도 S의 자유분방한 모습을 보며 어딘가 숨통이 트이는 기분을 느꼈던 게 아닐까?

그런데 허무하게도 S는 그 남자와 손 한 번 잡아보지 않고 헤어져 버렸다. 하필이면 그 조각미남이 보여준 수많은 친구들 중 가장 못 생기고 멍청하고 촌스러운 남자에게 마음을 빼앗겼던 것이다. 자칭 의리녀인 S는 친구 사이를 갈라놓는 나쁜 여자가 되어서는 안 된다며 혼자 조용히 속앓이를 하다 둘 다 정리했지만 그 후, 그녀의 남성 편력을 계속 지켜 본 나로서는 두고두고 그때의 결정이 아쉬웠다.

조각은 외모를 떠나서도 그녀가 굉장히 선호하는 타입의 남성이었다. 아는 게 많지만 말 수가 적고, 자신감으로 꽉 차서 주변의 사소한 것들에 쉬이 흥분하지 않았고, 자기 자신과 타인 모두에게 공정한, 그러면서도 유머 감각을 잃지 않는… 정말 상상 속에나 존재하는 그런 남자였다. 뭐 직접 오래 사귀게 되었더라면 그에게도 구멍이 있었을지 모르지만 그래도 그런 멋진 남자를, 게다가 미남에, 전도유망한, 엄청난 부잣집 아들이기까지 한 남자를 한 달 반도 안 만나보고 먼지처럼 훅- 불어버리는 그녀가 참으로 안타까웠다. 당시 친구들은 그녀의 별명인 '한 달 반'을 외치며

"야, 니가 왜 한 달 반이야. 한 달 반만 만나고 헤어지니까 한 달 반이잖아. 그러니까 이 남자하고도 한 달 반만 마저 채워 봐. 진짜 아깝다구~"

애원을 했지만 그녀는 듣지 않았다.

그 이후로도 그녀는 짧은 만남을 계속했다. 어느 해 여름, 속초로 대학친구들이 함께 여행을 간 적이 있는데 그녀는 그날 밤, 한 나이트클럽에서 정확히 30명의 남자 아이들에게 집 전화번호를 주고 돌아왔다.

나는 그날 밤 처음으로 S가 이상하다고 생각했다. 그런 행동은 '의외의 매력' 같은 이름으로 미화될 수 없는 거였다. 그 여행을 다녀와서는 더 심했다. 그녀는 방학 동안 아침 10시부터 오후 5시까지 매일 학교에 나와 가을에 있을 무슨 공연 준비를 했는데 아침 9시, 점심시간인 12시, 연습이 끝나는 5시에 각기 다른 남자 아이들과 만날 약속을 잡아왔다. 대부분 그 여행에서 전화번호를 나눠줬던 아이들이었다. 아침, 점심엔 짧게 한 시간씩, 저녁 타임에는 두어 시간.
그 한두 시간을 보겠다고 전국 각지에서 오는 애들도 한심했지만 술김에 전화번호를 준 게 잘못이니 한 번씩은 만나줘야 책임을 다하는 거라는 S의 주장은 더 납득이 안됐다.

그녀의 남성편력을 일일이 다 열거할 수는 없다.
예전에 그녀가 이런 얘길 했었다.

"밤에 잠이 안 오면 입 맞췄던 남자들 숫자를 세어 보곤 해. 근데 세다 보면 꼭 한 두 명 빼먹거든. 그걸 다시 끼워 넣고 처음부터 다시 세다보면 또 누군가 빠지고... 그래서 그 남자를 끼워 넣고 다시 세고.... 그렇게 반복하다보면 잠이 와."

"몇 명이나 되디?"

"한 50? 정확하지는 않아. 더 있을지도 모르고…"

'50이 넘는다고?!'

나는 놀란 표정을 감추려고 꽤나 애써야했다.

게다가 이 대화가 오고 간 것은 그녀가 처음으로 한 남자와 길고 안정적인 남녀관계를 유지하고 있던 때였기에 더욱 당혹스러웠다. 어떻게 하면 나이 서른에 당시 그녀의 나이 50명의 남자와 키스를 해봤을 수 있을까? 키스방 알바라도 했단 말인가?!

죄송하지만 또 다음에 계속…

스포: 이 이야기는 미투와 무관하지 않습니다^^

2018. 3.

연애 도사들의 숨겨진 아픔 III

패턴은 반복된다.

원인을 알기 전까지는

패턴은 반복된다.

S의 상담선생님이 S와의 첫 만남에서 들려준 얘기다. 모든 사람은 연애를 할 때 자기만의 패턴을 반복한다.

그랬다. S는 언제나 가볍게 사랑에 빠지고 불같이 뜨거워졌다가 얼마 안 가 식어버렸다. 단 한 번의 예외를 빼고.

그 예외는 바로 S가 처음으로 길고 안정적인 관계를 유지했던, 그래서 주저 없이 결혼했으나 밤마다 옛 남자의 숫자를 헤아리게 만든 바로 그 남자였다.

그런데… 그 남자는… 게이였다.

사족: 저는 동성애자에게 어떤 편견도 없습니다.

나아가 동성결혼 합헌을 지지합니다!

다만 이 남자는 나쁜 남자입니다!

물론 S는 그런 사실을 몰랐다.

그는 매의 눈으로 희생양을 찾아냈고 철저히 이용했다. 여기서 S가 그에게 경제적으로 이용당한 얘기까지 늘어놓을 필요는 없을 것 같다

키스 이외의 남자 경험이 없는 S는 그저 그의 담백함이 좋았다. 물론 우리는 그녀의 주장을 믿지 않았다. 그때 그 녀석하고는 여행까지 다녀왔는데 아무 일도 없었다고?! 그러나 세월이 흐른 후, 우리는 그녀의 말이 거짓이 아니었음을 알게 되었다

1년에 성관계를 딱 세 번만 하자는 그의 기상천외한 제의를 듣고도 이상하다고 생각할 줄 몰랐다. 만약 그 남자가 '나는 게이다.', 고백하고 '그래도 살아줄래?' 했다면 S는 그냥 살았을 것이다. 밤마다 예전에 키스했던 남자들을 헤아리며 잠들어야 했다 해도.

다행히 운명은 S편이었다. S는 다른 사정이 생겨 그와 이혼했다. 근데 그게… 과연 다른 사정인가 싶다. 그 남자는 자신의 학문적 발전을 위해 다른 남학생 하나와 잠시 동거를 해야겠으니 너는 그 동안 친정에 가있으라고 했고 그래서 멀쩡한 남편 놔두고 친정살이를 하

던 S는 이렇게 힘들게 떨어져 지낼 바엔, 에잇 이혼해버리자! 했던 거였다. 물론 조연들의 도움도 있었다. 예수쟁이와 전라도와 선생질 하는 것들은 다 나가 죽어야한다, 고 입버릇처럼 말하는 시어머니라던가… 참고로 덧붙이자면 S의 부모님은 직업은 선생님이요 종교는 기독교였다. 그것도 독실한, 그나마 전라도가 아니라 결혼은 허락했다는 후문이…

S는 뒤늦게 그가 게이였음을 깨달았고 이용만 당했다는 배신감에 상당히 오랫동안 휘청였다. 그러면서 당당한 싱글로서 또다시 남성편력을 이어갔다. 만나고 헤어지고 만나고 헤어지고…
그러다 어느 날, 그 지겨운 패턴의 반복에 지치고 지쳐 제 발로 정신과를 찾아간 그녀는 잊었던 어린 시절을 떠올리게 되었다.

까마득한 어린 시절, S는 성추행을 당한 일이 있었다. 세는 나이 다섯 살, 만 세 살 때의 일이었다. 친구네서 놀다가 점심 먹을 시간이 되어 집으로 돌아가던 중이었는데 예비군복인지 교련복인지를 입은 어떤 젊은 아저씨가 아랫동네서부터 S를 따라왔다. 어린 마음에도 뭔가 이상하다는 느낌이 강하게 들었다. S는 자기 집 대문 앞 초인종을 누르기까지 딱 세 걸음 남았을 때, 정확하게 말하면 '이제 됐어. 집에 다 왔어!' 하고 안도하던 바로 그 순간, 그 남자에게 붙잡혔다. 따스한 봄날이었다. S는 짧은 스커트를 입고 있었고 부드럽지만 살짝 차가운 바람이 허벅지에 닿는 것이 느껴졌다. 골목엔 아무도 없었고 그 이후로도 오래도록 아무도 지나가지 않았다. 개구리 군복이 언덕 너머로 유유히 사라질 때 까지…

S는 그날 일어난 일을 그 누구에게도 말하지 않았다. 스스로에게도 지우도록 시켰다. S에겐 S가 말귀를 알아들을 때부터 '여자는 순결해야 한다'는 가르침을 주셨던 다소 비상식적인 성적 가치관을 가진 어머니가 있었다. 이 어린아이가 그 일을 지우려고 지나치게 노력한 이유다. S는 엄마의 기준에서 자기가 불결해졌다고, 더러워졌다고 느꼈다. 해서, 쉽지 않은 일이었지만 그녀는 그 기억을 깊이깊이 묻고 없었던 일처럼 만들었다.
대신 날마다 꿈을 꾸었다. 형체가 다 보이지도 않는 성난 거인이 자신을 따라오는 꿈, 어떻게든 숨어 보려고 하지만 결국 들통나버리고 마는 꿈… 그런 꿈을 꾸고 또 꾸고 그렇게 가위에 눌린 채 살아왔다.

남녀가 사랑을 느끼고 몸 안에서 화학적 작용이 시작될 때면 누구나 호흡이 거칠어지기 마련이다. S는 그 자연스런 변화를 받아들일 수 없었다. 상대방 남자의 호흡이 거칠어지는 걸 느끼면 그 남자가 벌레처럼 싫어지는 일이 다반사였다. 같이 잔 남자의 수가 아니라 입을 맞춘 남자의 수만 세었던 이유다.

S에게 키스는 이별의 시작이었다. 본인도 상대 남성도 아무도 알지 못했지만…

어쩌다, 아주 가끔 자기 자신까지 야릇한 흥분을 느끼는 날도 있었다. 그런 날 밤이면 S의 죄책감은 빅뱅을 일으켰다. 진심으로 좋아했던 남자들과는 더 빨리 헤어질 결심을 했던 것이 다 그 죄의식 때문이었다.

물론 모든 것이 성추행의 그늘 속에 생겨난 건 아니다.

다음 회에 마무리합니다. 죄송하지만 이번 회는 여기까지.

2018. 3

연애 도사들의 숨겨진 아픔 IV

-마지막 이야기-

하필이면 똑똑한 놈을 만나 더 피해를 본 것은 가정환경 탓이었다.
S에겐 학벌, 외모, 스펙… 그 무엇으로도 비교 불가한 너무나 똑똑하고 잘난 동갑내기 오빠가 하나 있었다. 오빠는 1월생, S는 같은 해 12월생 부모님들은 그 오빠에게 인생을 거셨다. 생김새도 학교 성적도 그럭저럭 상위권인 S였지만 부모님의 모든 기대는 이미 오빠에게 다 가있었다.

'S야, 너는 그냥 이대나 가면 돼, 뭘 힘들여 공부하니.'

S는 '내가 너 때문에 못살아, 못살아,' 하는 악담을 듣는 것이 차라리 더 좋았을 거라고 했다. 그 악담 속엔 기대가 채워지지 않은 자의 분노라도 들어있다는 거다. S는 자신을 인정해주기는

커녕 어떤 기대도 하지 않으셨던 부모님께 복수하고 싶었다. 아니, 인정받고 싶었다.

그러나 재수까지 해서 들어간 대학이 하필 '이대'였다. 그때부터 S는 내가 아니면 남편이라도 똑똑하면 되지, 하는 마음으로 눈에 불을 켜고 학벌 좋은, 머리 좋은 남자를 찾았다. S는 반드시 오빠보다 똑똑하고 잘난 남자를 만나야만 했던 것이다. 그러나 너무 똑똑한 남자를 만나면 오빠가 떠올라 별로 정이 가지 않았다. 아주 간혹 그런 사람을 만나 사랑을 느끼면 또 그 놈의 거친 숨소리, 심장 박동 때문에 죄책감이 밀려 와 헤어짐을 선택해야만 했고….

S건 누구건 연애로 스펙 쌓기를 하는 친구들, 혹은 관심 종자라고 불리는 SNS 성애자들 모두…. 원하는 건 하나다.
어린 시절로 돌아가 부모님으로부터 인정받는 것.
내가 뭘 잘 하거나 잘나서가 아니라 오로지 내가 나라는 이유만으로
누구와도 비교 당하지 않고 인정받는 것.
그러나 그런 인정을 받고 자란 사람은 참 드물다.
인정받지 못해 생긴 그들의 상처는 또 다른 타인에게 상처를 낸다.

그 악순환의 고리를 이제는 끊어야 한다.
우리 세대부터라도 시작하면 된다.
세상을 바꾸는 건 한 두 명의 통치자나 떠들썩한 시민단체가 아니다. 우리 한 사람 한 사람이다. 인정은 부모님이 주시는 것 아니냐고? 아니, 나 스스로 나를 인정하고 사랑해주면 된다. 물론 우리의 자녀세대에게는 우리가 줄 수 있다.

미투와 위드유가 한창이다. '좀 심하다, 마녀사냥 아닌가' 하는 염려의 목소리가 있는 것도 안다. 그러나 그 약간의 부작용 때문에 이 도도한 흐름을 멈출 수는 없다. 힘이 없다는 이유로 폭력 앞에 무릎 꿇는 것이 당연한 일처럼 여겨지던 세상은 이제 끝났다. 피해자의 용기를 지지하고 격려하자.

그러나 그들의 발자취에서 얻을 것은 얻고 버릴 것은 버려야 한다. 가해자에 대해서도 정의의 단죄와 과도한 분노를 혼동하지 말아야 한다. 사실 그들이야말로 참 불우한 사람들이다. 그렇다고 그들의 행위가 용서받을 수 있다는 뜻은 아니지만 단언컨대 그 가해자들은 단 한 번도 그 존재 자체로 인정받아 보지 못한, 마음의 장애인들이다.

세상에는 많은 폭력이 존재하지만, 성과 관련된 폭력은 대개 피해자의 인생 전체를 망친다. 그 피해자의 주변 사람들도 상처를 입는다. 보라, 다섯 살 난 한 여자아이가 불가항력적으로 당했던 성추행의 피해를 도대체 얼마나 많은 남성들이 받게 되었는가?! S의 키스 명단은 정신과 상담 직전 75로 늘어났다!!!! 물론 그들이 영문도 모른 채 S에게 버림받은 아픔과 S 본인의 상처를 비교할 수는 없다. S는 그 이후로도 오랫동안 제대로 된 관계를 갖지 못했으니까.

S는 자신의 이야기가 세상에 알려지는 것이 달갑지는 않지만, 성범죄가 얼마나 나쁜 것인지를 단 한 사람이라도 더 알게 된다면 그것으로 만족한다며 씁쓸히 웃었다.
나는 그녀에게 말해주고 싶었다.
너는 그 일로 전혀 더럽혀지지 않았다고,
누구보다도 순결한 사람이라고…

------- * ---------- * -------- * -------

끝으로 그녀에게 캐낸 초기 연애 불패 비법을 공개한다. 그것은 한 마디로

'자신감' 이란다.

니가 나한테 안 반하고 베겨? 이런 정신으로 무장하면 다 넘어오게 되어있다나? 단, 자신감과 잘난 척을 혼동하지 않아야 한다. 그러려면 상대를 엄청 존중하고 예의바르게 행동해야 하는데… 진정 자신감 가득한 사람은 타인 또한 진심으로 배려하고 존중하기 때문이란다… 초기 연애 성공 비결이 아니라 인생 처세 성공술로 들렸다. 스테디한 연애와 결혼에서는 실패를 거듭했으나 그 외의 인생에서는 성공한 S의 조언이니 새겨듣는 것이 좋겠다.

그리고 기억하자.
연애 고수인 양 난 체하는 주변 친구
알고 보면 몹시 불쌍한 아이라는 거.
SNS 관심 종자들
애처로운 애정 결핍 환자라는 거.
자신이 바로 그런 사람이라고?
그렇다면 나 자신을 사랑하고 인정해주는 법을 배워야만 한다.
사실 그 방법 배우자고 이 세상 와서 힘겹게 살다 가는 것 같다.

나 자신을 사랑하고 인정해주는 일,

우리에게 주어진 가장 소중한 숙제다.

2018. 4

P.S

방탄 소년단의 세계적 인기도 그들이 늘 이 주제를 노래하기 때문 아닐까요?

Love your self!

아소, 님하! 도람드르샤 괴오소셔!

아소, 님하!

도람드르샤 괴오소셔

내가 대학 시절 좋아했던 거의 유일하게 읽었던, 이 옳은 표현이겠지만 고시가 古詩歌 정과정곡 鄭瓜亭曲의 마지막 구절이다.

님이시여 제발 마음을 돌려 나를 다시 사랑해주십시오,

마음속으로 이런 외침을 품어본 일 없이 십 대와 이십 대를 보내기는 힘들다.
슬픈 것은 이미 답이 정해져 있다는 것.
미더운 연인 사이에는 애초에 이런 울부짖음이 필요치 않다. 이렇게 외쳐야만 하는 순간이 왔다는 건 이미 그가, 그녀가 당신을 떠난 거다.
이 시를 쓴 시인의 님은 사랑하는 이가 아니라 임금님이었다고 하는데… 임금님의 마음은… 글쎄… 연인보다는 돌이키기가 쉽지 않을까?
그런데 확실히 되돌릴 수 있는 님이 있다. 연인도 아니고 임금님도 아니지만 이 세상 그 무엇보다 소중한 우리의 님.
바로 자식이다.

어릴 때 우리 어머니는 <청개구리>이야기를 자주 들려주셨다. 내가 하도 말을 듣지 않아서 그 얘기 속 교훈이 도움이 될까, 하여 들려주었노라고 훗날 고백하신 바 있고.

40년 후, 나도 내 아들에게 <청개구리>를 읽어주어야 했다. 하지만 우리 아들은 나 정도의 반항아가 아니었다. 뭐랄까… 주변 어른들은 그저 심하게 늦되는 아이라고 했지만 일부 전문가는 자폐스펙트럼을 의심했던…. 약간의 특별함이 추가된, 그래서 스스로도 사는 것이 좀 힘들었을 꼬마.
그 애는 6살 때까지 '사랑해요' 같은 쉬운 말도 하지 못했고 누군가와 눈을 마주치는 것을 즐기지 않았다. 제 뜻에 맞지 않으면 길가다 땅바닥에서도 뒤로 나자빠져 울어댔고, 나는 아이가 왜 그러는지 알아낼 방법이 없어 식은땀을 흘리곤 했다. 그러다보니 종종 악을 쓰며 아이를 혼내게 되었고 아이는 그 고함소리가 싫어 더 비뚫어진 행동을 했다.
악순환이었다.
그러던 어느 날, 그 악순환의 고리를 끊을 유레카의 순간이 찾아왔다.

우리 애 6살 무렵, 집에 가끔 놀러오던 친구가 하나 있었다. 우리애보다 한 살 어리지만 발육상태가 골고루 좋아서 몸집도 사회성도 말하는 능력도 우리 아이보다 훨씬 뛰어난 그 애는 인물까지 좋아서 그 애 엄마는 늘 꿀이 뚝뚝 흐르는 눈으로 자기 아들을 바라보곤 했다. 아들과 함께라면 언제나 웃는 낯이 되는 그녀를 보며 속으로 참 부러웠었다. 그런데 어느 날 그 행복한 아이 엄마가 딸에 대한 고민을 털어놓았다. 그 꼬마의 네 살 터울 누나는 심리 상담을 받으러 다녀야할 지경으로 학교생활이며 엄마와의 관계에서 어려움을 겪고 있었다. 같은 부모, 같은 환경에서 자라는 두 아이가 왜 그렇게 다른 걸까? 그러다 깨달았다. 그 엄마가 딸아이와 함께 있거나 딸아이에 대해 얘기할 때의 표정. 그 속에 답이 있다는 것을.

딸과 관련된 모든 순간, 그녀는 몹시 지치고 짜증난 표정을 지었다. 거울을 보듯, 나는 내가 늘 그런 표정으로 아들을 대하고 있다는 사실을 깨달았다. 물론 시작은 아이가 했을 것이다. 그러나 그 악순환을 끊어내는 건 어른인 내 몫. 나는 유레카를 외치며 그날부터 연기 실습에 들어갔다. 늘 웃으며 아이를 보았다. 아무리 힘들어도 억지로 웃었다. 혼자 놀고 있는 아이를, 언젠간 날 봐주겠지… 끈기를 가지고 웃으며 바라보고 있었다. 도람드르샤 어미를 괴오소서…

딱 1주일 만에 우리 아들은 변했다.
더는 뒤로 나뒹굴지 않았다.
자연스레 안기고 조금씩 눈도 맞추기 시작했다.
물론 그 하나의 사건으로 우리 아들이 생래적으로 지니고 나온 모든 문제가 해결된 것은 아니었지만 선순환이 시작된 것만은 분명했다.
지난 5년 동안, 나는 아이를 볼 때만은 웃으려고 노력했다. 여전히 남들보다 목청이 높고 자기만의 세계에 빠져 아이들과 적극적으로 어울리지는 않지만, 그저 그뿐, 모든 게 정상이라는, 아니 어떤 점에선 아주 우수한 아동이라는 담임선생님 말씀을 전해들은 게 얼마 전이다. 2019년 현재 교육청 수학영재다!

이미 떠난 님의 마음을 되돌릴 방법은 없다. 그러나 어차피 사랑하게 되어 있는 운명의 굴레에 갇힌 관계라면, 예컨대 부모와 자녀, 부부라든가 형제, 배우자 집안의 식구들, 직장 동료… 그들을 바라보는 내 시선을 바꾸도록 하자. 마음으로 아니 되면 억지로 연기하면 된다. 마음속에 진정한 선한 의지가 있다면, 나의 뇌도 타인의 마음도 모두 속일 수 있다.

행복해서 웃는 것이 아니다.

웃으면 행복해진다.

2018. 4

Style Stre

그 사람 마음에 들어가기

〈냉장고를 부탁해〉를 즐겨본다. 샘킴과 이연복 셰프가 특히 좋다. 샘킴은 자기 철학을 버리지 않는 우직함이 좋고, 이연복 셰프는 깊은 내공 위에 유연한 순발력을 갖추어서 좋다.

실제 두 사람의 성품과 기질이 어떤지는 모른다. 어차피 우리 모두는 자신이 상대에게 덧씌운, 자신이 동경해마지 않는 이미지를 사랑하는 거니까. 그리고 자신이 동경하는 기질이라는 것도 완전 모순인 경우가 다반사다. 우직함과 유연함이라니… 이미 경지에 오른 8인의 셰프들은 오로지 그날 출연자의 입맛에 따라 승패가 갈린다. 결국 누가 상대의 마음을 사로잡느냐의 싸움.

모든 관계가 그렇다. 그 사람 마음을 사로잡아야한다. 그러려면 그 사람 마음에 들어가 봐야하는데 참 쉽지 않은 일이다. 그래서 오늘은 상대방의 마음 읽기, 내 마음대로 상대방 마음 훔쳐보기 전략을 소개한다.

처음 만난 상대나 아직은 데면데면한 그 사람에게 연상 게임을 해보자고 하자. 첫 단어는 <하늘>이 제일 좋다.
"하늘에서 연상 되는 거, 아무 거나 제일 먼저 떠오르는 거 말씀해보세요"
이 질문에 상대가
"구름"이라고 말했다 치자. 거의 8할의 사람들이 구름을 얘기한다
그럼 또 이렇게 물어봐주면 된다.
"그럼, 하늘은 이제 잊어버리고 구름에서 떠오르는 거요?"
예를 들면 아래와 같다.

하늘-

구름-

솜사탕-

놀이공원-

북적이는 인파-

피로,혹은 외로움?-

하늘에 떠가는, 누군가 잃어버린 헬륨 풍선-

UFO-

중국-

남북관계

.

.

위의 연상은 나 자신의 것이므로 의식의 흐름이 100퍼센트 공개 가능하다. 별 생각 없이 말 한 구름에서 솜사탕이 떠올랐고, 어린이날에 아이와 함께 놀이공원에 가야 한다는 사실에 이어, 엄청난 인파 속에서 온 종일 아이와 남편을 대신해 줄이나 서야하는 처량한 내 신세, 그 순간 바라본 하늘에 떠 있던 주인 잃은 풍선이 어제 저녁 뉴스 속의 UFO로 치환되었다. 그런데 그 UFO는 중국에서 만든 초음속 비행물체로 추정된다던 기자의 말에, 중국은 남북관계, 한반도 통일의 최대 변수라는 평소 내 생각이 따라온 것이다.

대부분의 사람이 자신이 가장 천착하고 있는 주제의 낱말을 10개에서 20개 사이에 말하게 된다. 그 사람의 소망, 혹은 절망, 평소 습관… 많은 것을 보여준다. 물론 이렇게 단순하게 나열하는 것만으로 알 수는 없다. 적절한 질문이 필요하다.

평소에 남북관계에 관심이 많으세요?

만약 누군가 내게 이렇게 물었다면
아, 네, 말 많은 대북 확성기 방송, 그걸 진행하는 사람이거든요. 라고 대답했을 거다.
놀이 공원을 별로 좋아하지 않나요?
당근이죠. 회전목마밖엔 탈 줄 몰라요. 가족을 대신해 줄 서는 것이 저의 임무죠.

사랑은 궁금함에서 시작한다.
그 사람의 나이, 생일, 혈액형, 취미, 사는 곳, 좋아하는 음식…
별 게 다 궁금하다.
며칠 못 보면 그의 안부가 너무나 궁금하다.
궁금함을 해결하려면 물어봐야한다.
UFO에 관심이 많으세요?
아뇨, 그냥 어제 뉴스에서 봤어요.
이렇게, 그냥 알아가는 거다.

우리말에 '마음에 든다' 라는 말이 있다.
"내 마음에 그것이 들어온다. 혹은 들어왔다."
참 예쁜 표현이라고 나에게 한국어를 배우넌 학생들마다 감탄하곤 해서 뒤늦게 '예쁜 말이군,' 했던 기억이 있다.
내 마음에 들어 온 이의 마음에 나 또한 들어가 보아야 공평

하다.

그가 마음 문을 잘 못 여는 사람이라고? 아니면 내가 그런 일에 재능이 좀 부족하다고?

그럼 연상 게임을 해보자.

떠오르는 대로 편하게.

그렇게 서로를 알아가는 거다. 언젠가 그 사람의 마음 더 깊은 곳에 들어갈 수 있도록.

2018. 5

절박해지지 말자

시간 약속을 칼같이 잘 지키는 타입은 아니다. 부끄러운 고백이지만 약속 장소에 5분 10분 늦는 일이 더 많은 밉상 인간이다. 그럼에도 원고 마감 시간만큼은 단 한 번도 어기지 않았던 것이 유일한 나의 자랑이었는데… 슬프게도 지난주 평생의 규칙을 깨고 말았다.

고백하자면 지난 몇 주 마음이 어지러워 글을 쓸 수 없었다. 지난 글에서 언급했듯이 나는 대한민국에 와 있는 탈북민들과 인터뷰 방송을 진행해왔다. 햇수로 8년, 만난 숫자가 4백 명에 가깝다. 그 많은 만남을 통해, 북에 대해 얻은 지식에 실향민인 부모님을 가졌다든가 하는 이런 저런 개인적인 사정까지 겹치고 보니 대북문제에 대해서 만큼은 객관적이기가 늘 힘들었다. 덕분에 지난 몇 주, 널뛰는 국제 정세를 지켜보며 '이 시국에 연애타령이라니', 하는 마음속 외침을 외면할 수 없었다.
늦어진 원고에 대한 변명을 하거나 나의 정치적 견해를 밝히려는 것이 아니다. 나는 감정의 과잉에 대해 말하려 한다. 내 유일한 자랑을 없던 일로 만든 감정의 과잉에 대해.

감정이 무르익다 못해 터지기 일보 직전일 때, 우리는 절박하다, 라고 말한다. 절박함.
이 말이 제일 어울리는 사람은 아마도 청와대 앞에 와서 1인 시위를 하는 사람이 아닐까? 손으로 직접 쓴 절절한 핏빛 사연을 들고 때로는 샌드위치맨처럼 앞가슴과 등판에 자신의 주장을 입기도 한다 비가 오나 눈이 오나 바람이 부나 한 자리에 홀로 외롭게 서서 소리 없는 절규를 토하는 그들.

그런데 그 소리 없는 외침을 눈여겨보는 사람은 아무도 없다. 아니. 거의 모두가 의도적으로 외면을 한다. 길에 넘어져 무릎이 까진 어린아이만 보아도 마음이 아파 손을 내밀고, '이 돈이 과연 어려운 이웃들에게 가긴 하는 걸까', 의심이 드는데도 기꺼이 구세군 냄비에 동전을 던지던 착한 이웃들이, 억울해 죽겠다는, '대통령님 제발 좀 살려주세요', 하고 저리 처절하게 울부짖는 사람들에게는 무관심으로 일관하는 이 아이러니는 어디에서 오는가.

절박함이다.
사람들은 너무 절박한 사람을 보면 절대 다가가지 않는다. 더러운 것 피하듯 먼 길을 돌아 가버린다. 아마도 그들이 물에 빠진 사람처럼 허우적대기 때문일 것이다. 물에 빠진 사람에게 잘 못 다가갔다간 나까지 물에 빠진다.

부부싸움이나 연인 간의 싸움에서도 마찬가지다. 언제나 더 절박한 쪽이 고래고래 악다구니를 쓴다. 그러면 상대는 그 마음을 함께 아파해주고 이해하려고 노력할까? 아니다. 진절머리를 치며 피해버린다. 같이 목청을 높인다면 그래도 그 커플은 희망이 있다. 절박함의 강도가 서로 비슷하면 적어도 일방적으로 팽 당하진 않으니까.
문제는 한쪽만 절박할 때다. 모든 것이 상대의 잘못이고 나는 오로지 피해만 보았다고 해도 청와대 앞의 1인 시위자처럼 절박해지면 내 뜻을 전달할 수가 없다. 상대는 무조건 달아나게 되어 있다.

정말 힘들겠지만 절박할수록 캄 다운이 필요하다.

지금 내 마음을 찢어버릴 듯 아프게 하는 그 사람, 미워 죽겠는 그 사람. 그러나 이 아픈 문제를 해결할 열쇠를 들고 있는 유일한 그 사람. 그를 일단 옆자리에 앉혀야 한다. 절박해지지 말고. 설사 그렇다고 해도 들키지 말고.

도대체 어떻게?

정답은 나도 모른다. 언제나 총론은 쉽고 각론은 어렵다.

절박해지면 절대 안 돼요, 외치는 이 글도 너무 절박해서 외면 당하는 건 아닐까?

이런 의구심이 들지만 일단 글을 마친다. 쿨한 척.

쿨한 척하는 것만으로도 반은 먹고 들어가니까요~

2018. 5

용기가 필요해

아직은 외모에 신경을 꽤 쓰던 삼십 대 중반, 서울에 있는 모 대학 방송연예학과에서 신입생들을 지도하고 있을 때의 일이다. 매번 잡지책에서 튀어나온 것 같은 차림새로 수업에 들어오는 남학생이 있었다. 그 애의 패션이 어찌나 감각 있고 세련됐던지 그 애 옆에 다가서면 괜히 주눅이 들 정도였다. 그래도 선생 체면에 기가 죽긴 싫어서 애써 외면하며 한 학기를 보냈다.
가을이 되고 찬바람이 불기 시작하자 이미 대학 생활 한 학기를 보낸 그 애의 세련미는 더욱 농익어 갔다. 결국 어느 날, 말하지 않고는 참을 수 없어서 용기를 냈다.

"너는 정말 옷을 잘 입는구나."

동시에 내 입을 틀어막지 못한 나를 원망했다.

'저렇게 멋진 애에게 감히 나같이 촌스런 여자가 패션을 논하다니!'

'허 참 내, 당신 같은 사람 칭찬 들으려고 내가 이렇게 차려 입고 다니는 줄 알아요?!' 하고 면박이라도 주면 어쩌지?

그런데 웬걸, 수줍은 새색시 미소를 짓는 그 애, 목까지 새빨개지는 게 아닌가. 그 순간 깨달았다.

이 아이는 이런 칭찬을 처음 들어보는구나!

다들 나처럼 '감히 내가..' 하는 마음에 그 애의 패션에 대해 좋다 나쁘다 언급해준 적이 없었던 거구나.

같은 과 동급생들도 그 애 눈치를 보더니 슬금슬금 한두 마디씩 하기 시작했다. 정말이에요. 아무개 멋져요…

나는 그날 용기에 대해 생각했다. 일상에서의 용기,

그날 그 학생을 칭찬한 것처럼, 데이트 신청을 한다거나 누군가에게 가벼운 부탁을 할 때 필요한 용기 말이다.

오늘은 데이트에서의 용기에 대해서만 얘기해 보자.

연기를 전공하는 젊은 학생들과 허심탄회하게 얘기를 나누면서 내가 20대 시절에 알지 못했던 남녀의 심리를 알게 된 것이 많다. 그중 대표적인 두 가지.

먼저, 소개받은 여자가 맘에 들었다고 모든 남자가 다음 데이트 신청 전화를 거는 건 아니라는 사실 적어도 내가 대화를 나눈 남학생은 절반 정도만 전화를 걸었다.

두 번째, 우리가 가끔 만나는 아주 예쁘고 매력적인 여자들 중 데이트 신청을 거의 받아보지 못해 속으로 기가 죽어 있는 이가 상당히 많다는 사실.

첫 만남인데도 술술 대화가 풀려 분명히 마음이 통했다고 생각했던 남학생으로부터 다시 만나자는 전화가 걸려오지 않아 마음 상했던 기억을 거의 모든 여자들이 가지고 있다. 그녀가 적어 준 전화번호를 만지작거리기만 하다가 끝끝내 던져버린 기억을 거의 모든 남자들이 가지고 있다.

그리고 그 둘은 상대방의 번민에 대해서는 전혀 모른 채 살아간다. 거절당할 두려움에 접어 넣은 작은 용기 하나가 얼마나 큰 비극을 잉태했는지 알지 못한 채…

그가 그녀에게 용기 내어 전화를 했더라면혹은 그녀가 그에게 그 둘은 연인이 되어 사랑하고 아기를 낳고 한평생 잘 살았을지도 모른다. 그 아기가 자라 대한민국 최초의 노벨상 수상자가 되었을지도 모르고…

첫 만남을 위한 전화는 어떤 싹이 터서 꽃이 피고 열매를 맺을지를 알 수 없는 작은 씨앗과도 같다. 그러나 그 작은 씨앗 속에 우주가 들어있는 것!

삼복더위를 향해 달려가고 있는 지금도 옆구리가 시린 이 시대의 싱글 남녀들에게 필요한 것은 오로지 용기가 아닐까?

뭐, 거절당할 수도 있을 것이다. 그러나 어떤가?
그 사람에게 전화하기 전에도 그는 나의 연인이 아니었고 전화하고 난 지금도 그 사람은 나의 연인이 아니다. 달라진 건 아무것도 없다. 그러나 용기를 내 전화를 하는 순간엔 얻는 것이 있다. 그가 내 인연이 될 수도 있다는 50%의 가능성!

새로운 우주를 열기 위해서는 용기가 필요하다.

2018. 6

믿거나 말거나 정리정돈!

층간 소음 걱정 없는 곳에서 아들을 맘껏 뛰게 하겠다는 일념으로, 살던 아파트를 세놓고 전세를 다닌 지 어언 8년.
'손바닥만 하더라도 마당이 있는 1층일 것'이 집 찾기의 유일한 조건이었다. 내가 사는 세검정엔 그런 집들이 많아 집구하기는 어렵지 않았다. 다만 집주인이 갑자기 나가라고 하면 답이 없다는 것이 함정.

지난봄, 계약 기간이 끝나지 않았는데도 무작정 비워달라는 집주인의 요구에, 5년간 정든 -개천에서 청둥오리가 헤엄치고 거실 소파에 앉아 백로가 날아가는 것을 볼 수 있는- 북한산 계곡을 떠나 이사를 왔다.
숲속에서 살던 기쁨은 사라졌지만 아이가 걸어서 학교에 갈 수 있고, 신축 빌라라 깨끗한데다 창이 많아 일출부터 일몰까지 계속 해가 드는, 전망까지 좋은 집이다! 당연히 자그마한 마당도 있다. 그러나 작은 문제가 있다. 새 집이 지난 번 집 반쪽보다도 작다는 것.

옛집은 북한산 입구 외진 곳에 있어서 집 크기에 비해 전셋값이 터무니없이 쌌었다. 아이가 복도를 걷기가 귀찮아 킥 보드를 타고 다녀야 했을 만큼 널찍하던 그곳에서 우리 부부는 5년 동안 엄청난 짐을 쌓아왔다. 저장 강박증이 아닐까 싶게 물건 버리는 걸 못하는 우리 부부에게 그 집은 더 없이 완벽한 곳이었다. 그러다 보니 지난 석 달 동안 이삿짐 트럭 하나는 족히 될 많은 짐을 줄였건만 여전히 차고 넘친다.

오늘은 이삿짐 푼 지 나흘째 되는 날.
나는 〈아무것도 버리지 못하는 사람〉이란 책을 떠올리며 목하 집정리 중이다. 동양의 풍수지리가 서양으로 건너갔다 되돌아 온 퓨전 풍수책 〈아무것도 버리지 못하는 사람〉은 기의 흐름을 막는 모든 물건을 아낌없이 버리고 비우면 막혔던 인생이 뻥 뚫린다고 주장한다.

"선배님, 꼭 읽어보세요. 정말 좋아요. 게다가 돈 벌리는 비결도 나와요."

이 책을 선물해 준 후배 L양은 큰 비밀이라도 되는 양 속삭였다. 당시 나는 경제적으로 굉장히 쪼들린 상태였다. 고정 프로그램 4개가 갑자기 없어지면서 거의 백수 상태가 되어 대학원 학비 걱정에 마음이 무겁던 차였다. 평소에는 책날개부터 꼼꼼히 읽는 편이지만 돈이 벌린다는 얘기에 어디에 그런 비결이 있나 휘휘 넘기며 해당 부분을 찾아냈다.

아하, 집의 남쪽을 정리 정돈하라 이거지?!

마침 한없이 한가하던 나는 집의 남쪽 부분을 남향집이라 거의 집 전부 열심히 치우고 쓸데없는 물건들을 내다 버렸다.
그런데! 일주일이 채 지나지 않아 거짓말처럼 대학원 등록금만큼의 돈이 들어왔다.
그로부터 얼마 후, 나의 전도로 책을 읽은 사람들의 성공담이 들려오기 시작했다. 그중 가장 반가웠던 건, 20년 가까이 완전한 싱글을 자랑하던 친구 J가 평생의 배필을 만난 것이다.
그녀는 십 대 시절의 첫사랑을 잊지 못했다. 20년 가까이 그녀의 모든 비밀번호는 십 대 때 잠깐 만났던 남자 친구의 생일이었다고 하니 누가 봐도 좀 심하다 싶은 집착이었다.

J는 그 책을 읽고 나서 자기 방을 둘러봤다고 한다. 그러자 하

얀 도자기 화병 하나가 클로즈업되어 들어왔단다. 고향을 떠나 서울살이를 하던 J는 이사가 잦은 편이었다. 그런데도 십 대 시절 남자 친구가 선물해 준 도자기 화병을 예쁘다는 핑계로 그때까지 끼고 살고 있었던 것. 그녀는 모든 비밀번호를 바꾸고, 마침 박살내기 좋은 그 도자기 화병을 콘크리트 바닥에 힘껏 내던져 산산조각 냈다. 그날의 '박살내기 의식'을 치르고 얼마 지나지 않아 그녀는 지금의 남편을 소개받았고 6개월 만에 결혼해 잘 살고 있다.

정말로 기의 흐름이라는 것이 있는지 어떤지는 알 방법이 없다. 나와 J의 예만 가지고 그 책의 주장이 모두 맞다는 주장을 펴려는 것도 아니다.
그러나 정리 정돈은 분명히 좋은 것이다. -다들 아시겠지만 정돈은 있는 물건을 가지런하게 하는 것일 뿐, 버린다는 개념은 없다. 정리는 그 과정에서 버릴 것을 버리는 것을 말한다. 정리 정돈은 버릴 건 버리고 꼭 필요한 물건만 예쁘게 놓는 것이다.
쓸데없는 물건을 버리고 나면 기분이 산뜻해진다.
빈자리가 생겨야 새 물건도, 새 사람도 들어온다.

쓰지도 않을 물건을 부둥켜안고 살아가는 사람이 참 많다. 쓸데없는 걱정과 쓸데없는 욕심 때문이다. 대표적인 사람 둘 고르라면 우리 부부를 꼽아야 마땅하겠지만… 적어도 나는 이번 이사를 계기로 그런 걱정과 욕심에서 벗어나 보려고 한다.

나를 둘러싼 환경이 꼭 필요한 물건들로만 깔끔하게 정돈된다면 내 안에서만큼은 좋은 기가 생겨나지 않을까?

혹시라도 아직 옛 사랑의 기억에서 헤매는 누군가가 있다면 집 안을 둘러보시길 바란다. 믿거나 말거나 지금 당신이 해야 할 일은

정리 정돈!

2018. 6

그깟 털, 다 밀어버려!

바야흐로 노출의 계절, 샤워를 하며 핑크색 면도기를 집어 들다가 문득 내 암울했던 소녀 시절 생각이 났다. 누구에게나 흑역사가 있다. 스스로를 찌질하다고 여기는 때 말이다. 중2에서 중3으로 넘어가던 시절의 내가 그랬다.

나는 내 신체의 급격한 변화를 체념하듯 받아들이던 중이었다. 사춘기 무렵 눈에 띄게 예뻐지는 아이들도 더러 있지만 불균형한 호르몬 탓에 멀쩡하던 얼굴과 몸의 균형이 깨지면서 밉상이 되는 경우가 더 많다. 나도 그랬다. 급격히 살이 쪘고 얼굴도 팅팅 부었다. 초경이 시작된 후로는 온몸 여기저기에 털도 났다. 교과서에서 배운 대로였다. 받아들였다.
그런데! 종아리에 나는 털만은 참아내기가 힘들었다. 사내아이들 털처럼 굵은 털이 났던 것이다. 유전인지 나의 사촌들도 죄다 그

렇다

살아있다는 것에 늘 감사하는 나는 어떤 어려운 일을 겪을 때에도 죽음을 생각한 일이 없다. 유일한 예외가 바로 그 다리털이 처음 솟아난 사춘기 무렵이었다. 여학생 다리에 시커먼 남학생 털이라니! 정말 죽고 싶은 마음이었다.

인터넷 같은 건 상상도 못하던 그 시절, 청소년 잡지 속 고민 상담을 뒤져보니 절대로 절대로 털을 밀면 안 된다고 쓰여 있었다. 그럼 더 굵고 강력한 털이 난다며.
결국 간단한 면도 작업을 포기하고 모근까지 녹여 주거나 뽑아준다는 광고 속 제품들을 구해 발라도 보고 붙여도 보았지만 종아리 피부만 화상 입은 것처럼 벌겋게 달아오를 뿐, 시커먼 다리털은 결코 말끔히 사라지지 않았다.

지금처럼 면도기로 슥슥 밀어버리면 되는 것을, 절대 면도기로 밀지 말라고, 그럼 더 굵은 털이 난다고 쓰인 말에 겁이 나 애꿎은 피부만 괴롭히다, 결국 짧은 옷을 입지 않기로 스스로 타협을 보고는 우울하게 십 대를 보냈다.
겨드랑이고 종아리고 팔이고, 아, 코밑에 있는 수염, 눈썹도 마찬가지다 그깟 털, 보기 싫으면 쓱쓱 면도기로 밀어버리면 그만이다. 절대 더 굵게 나지 않는다. 털이 다시 자라면 잘린 단면 때문에 두꺼워 보이지만 그건 일종의 착시다. 자라면? 또 밀면 된다. 시중에 나와 있는 여성용 면도기들 성능이 참으로 좋다. 그걸 모르고 살만 태우는 제모제와 테이핑 용품에 없는 용돈 쏟아붇고, 한여름에도 다리 가리기만 급급했던 그 시절이 참 억울하다.

'털을 밀면 그 자리에 더 굵은 털이 난다고?
웃기고 있네. 그깟 털 다 밀어버려!'

마음속에서 들려오는 외침을 들으며 나를 겁주던 말들에 대해서 생각했다.

선배한테 한 번 찍히면 끝이야.
학부형 모임에 빠지면 아이가 왕따가 돼.

일터에서 처음 만난 사람들이, 학부형 사회에 처음 들어갔을 때 옆자리 여자가… 그런 얘기들을 했었다.
처음이라 낯설고 겁먹어 있을 때, 우리는 그런 경고성 문구들을 듣게 된다. 어느 정도 맞는 말일 수도 있다. 하지만 이 세상에 다 맞는 말은 없다. 그러니 그런 말에 경도되어 자기 자신을 괴롭혀서는 안 된다.

‘선배건 상사건 밉게 볼테면 보라지,’

‘뭐 좀 외로우면 어때? 어차피 크면 지가 알아서 친구 사귀겠지!’

왜 나는 그렇게 의연하게 살지 못했을까….

검증되지도 않은 겁주는 말들에 묶여 쓸데없이 마음 졸이며 산 세월이 아쉽다. 샤워하며 종아리 털을 밀다가 용기를 내본다.

쓸 데 없이 겁주는 말들,

까짓 거 다 밀어버릴테다!

2018. 7

1994년 여름을 추억하다가

연일 폭염이다. 아침부터 에어컨을 틀고 싶은 욕망과 싸우며 1994년 여름을 생각한다. 도대체 얼마나 더웠기에, '그래도 1994년 만큼은 아닐 것이다', 라는 전망을 해마다 듣게 되는 것일까.

1994년, 그때 나는 새벽 6시부터 8시까지 생방송으로 진행되는 시사경제 프로그램을 맡고 있었다. 5시에 집에서 출발, 8시 방송이 끝나면 구내식당에서 후닥닥 아침을 먹고 녹음 음악 방송을 하나 더 하고는 아침 10시쯤, 유열의 음악앨범을 들으며 퇴근했다. 취직한 친구들은 한참 일할 시간이고, 백수인 친구들은 자고 있을 시간… 혼자 있음에 익숙해지는 법을 강제로 배우고 있었다.

그해 여름 김일성이 사망했고 그 사망 소식이 전해지던 아침, 나는 새 차를 뽑아 현관 앞에 주차 중이었다. 김일성이 죽어? 드디어 통일인가? 그러나 아무 일도 일어나지 않았다. 아니, 차 뽑은 지 사흘째 되던 새벽, 공덕동 지하철 공사장 앞에서 엔진이 다 찌그러지는 엄청난 사고를 내고도 안전벨트 덕에 말짱했던 일은 있다. 그 이후로도 그런 일이 한두 번 더 있었다. 나는 안전벨트 맹신자다. 각설,

나는 그해 여름 반팔을 입지 않았다. 단 한순간도 덥다는 생각을 못했다. 방송국 스튜디오는 기기 보호 차원에서 늘 서늘한 상태를 유지한다. 거짓말 좀 보태자면 입김이 나올 만큼 춥다. 거기다 나는 초보 방송인이었고 생방송은 늘 힘에 겨웠다. 안팎으로 한기를 느끼면서 아침 시간을 너댓 시간 보내고 나면 온종일 덥지 않다.

방송은 보이지 않는 먼 곳의 사람들과 섞이는 일인데 나는 섬처럼 혼자 떠 있는 느낌으로 그 날들을 보냈다. 그래서 더 날씨에 둔감했던지도 모른다. 그때 나는 이상의 수필 〈권태〉를 즐겨 읽었다. 더운 여름 한낮, 더위와 무료에 지친 아이들이 함께 모여 똥을 눈다. 이상의 눈에 비친 아이들은 그렇게 섞여 있었다. 나는 그 아이들이 부러웠다.

학교 가는 아이를 배웅하고 혼자 빈 집에 남아 녹음 일정이 없는 하루를 시작하는 2018년의 푹푹 찌는 이 여름 아침, 더위에 대한 생각은 1994년 여름으로, 혼자 있음에 대한 생각으로 꼬리를 문다.

중간놀이 시간 요즘 초등학교에선 오전에 20분짜리 쉬는 시간을 주고 중간놀이 시간이라고 부른다에 언제나 혼자 책을 읽는다는 아들, 이사와 처음 발견한 놀이터에 한껏 고무되어 일기장에 그곳을 소개하는 글을 쓰고는 마지막에 이런 문장을 덧붙였다.

하지만 그곳에 나와 함께 가 줄 친구가 있을까?

아들에게 얘기하곤 한다.

“위인전을 봐도 그렇고 이야기책이나 영화 속 주인공을 봐도 그렇고 어릴 때부터 인기 많던 사람이 위대해지는 경우는 없어. 최소한 엄마가 본 바로는 이순신이랑 홍길동만 예외야. 다른 주인공들은 다 외톨이고 찌질했어. 해리포터도 그렇고, 니가 존경하는 과학자 뉴턴도 그렇고… 수도 없이 많아. 모든 이야기 속 주인공이 대개 외톨이인 건 거의 모든 사람들이 자기를 외톨이라고 느끼기 때문이야. 멀리서 볼 때는 다들 서로 서로 친하고 그런 것 같지? 그 순간뿐이야. 다들 외롭다고 느껴.

하지만 언젠간 베프가 나타나지." 초등학생들은 베프라고 해야 알아듣는다. 베스트 프랜드의 준말, 진정한 친구라는 뜻이라고 부모님 세대에겐 따로 알려드려야 하고

하지만 '그래 봤자, 그래도 외롭다', 라고는 덧붙이지 않는다. 아들도 언젠가는 알게 되겠지. 사람은 모두 외롭다는 걸.

아이고, 겨울이라면 이불이라도 끌어안으련만 이 더운 여름날 외롭다는 건 참 대책 없는 일이다. 자, 그러니 대책을 세워보자. 미안하지만 우리 아들이 모르모트다. 본인이 유난히 인기 없다고 느끼는 우리 아들, 어떤 특성을 갖고 있을까? 아들과의 대화를 딱 하나만 소개한다.

오늘 중간놀이 시간에 드디어 친구랑 놀았어.
정말? 이야~ 멋지다. 친구 누구?
음… 그건… 몰라. 기억이 안 나네.

우리 아들의 특성은 아직 타인에게 관심이 없다는 것. 유난히 사회성 발달이 느린 것일 뿐, 근본적으로는 따듯한 아이이므로 걱정은 안한다.

관계에서 인기가 좋은 사람들의 특징은 딱 한 가지다. 본인이

타인에게 관심이 많다. 마음속에 사랑이 많다고나 할까? 외롭지 않으려면 자기 안으로만 침잠하지 말고 먼저 내 앞의 타인에게 관심을 가져야 한다. 남의 뒷담화나 하는 그런 관심을 말하는 게 아니란 것쯤은 다들 아시죠?

오늘은 데일 카네기의 〈인간관계론〉에 나오는, '사람들이 당신을 좋아하게 만드는 여섯 가지 방법'을 소개하면서 끝낼까 한다.

1. 타인에게 진정한 관심을 기울인다.
2. 미소 짓는다.
3. 그 사람의 이름을 기억하라. 이름이란 그 사람에게 세상 어떤 언어로 부르더라도 가장 아름답고 중요한 소리가 된다.
4. 잘 들어주는 사람이 돼라. 타인이 자신에 대해 이야기하도록 격려하라.
5. 타인의 관심사에 대해 이야기하라
6. 상대가 중요한 사람처럼 느끼게 하라. 진실한 태도로 그렇게 하라.

모두 중요하지만 다 기억하기 귀찮다면 딱 한 가지, 4번만 기억해도 좋다.

상대의 마음을 여는 마스터 키, '잘 들어 주는 사람이 돼라!'

내 앞의 상대에게 귀 기울이는, 외로워서가 아니라 해피해서 더위를 잊을 수 있는 날들이 되시길…

2018. 7

삼식이를 허하라!

꿈과 현실의 연계가 느린 편이다.
아주 아주 오래도록 꿈속의 나는 내내 학생이거나 싱글이었다. 꿈속의 내 정체성이 학생에서 성우가 되기까지 10년이 훨씬 넘는 시간이 필요했고, 아이 엄마가 되는 것도 크게 다르지 않아 최근에야 비로소 아이 엄마, 학부형 된 꿈을 꾼다.
애 엄마가 된다는 것은 좀 고된 일이니 그렇다 치고, 내 무의식은 왜 내 직업인 성우를 그렇게 오랜 세월 거부했던 걸까?

25년 전, 처음 성우가 되었던 90년대 초반의 일들을 돌이켜본다. 방송국 복도와 로비에 나가면 최진실, 채시라 같은 대스타를 언제든 볼 수 있던 때였다. 커피 자판기 앞에선 속눈썹이 낙타처럼 긴 이병헌도 종종 볼 수 있었다. 그런데도 나는 좁고 답답한 성우실 안에 들어가 있는 것이 더 좋았다.

어린 시절 명화 극장에서 보았던 수많은 은막의 스타들… 오드리 햅번, 클라크 케이블, 리 메이저스, 아랑 드롱… 선배 누가 입을 열던 그런 스타들이 막 튀어나오는 것 같던… 꿈의 궁전, 성우실! 막내 기수이던 내게 그 공간은 그냥 황홀함이었다.

그러다 수습기간을 끝내고 협회 잔심부름을 하게 되면서 나는 적지않은 충격을 받게 되었다.

당시 성우협회는 막 사단 창립 30주년을 맞아 야심찬 기획과 행사가 많았다. 연변 조선족 방송국과 합동으로 라디오 드라마를 만들기 위해 국교 수교 이전의 중공[1]으로 성우 50여 명이 단체 연수를 가기도 했고, 각 방송사 전속들이 군중씬을 맡은 〈레 미제라블〉이라는 대형 뮤지컬을 기획해 호암아트홀에서 공연도 했다. 꼬제뜨 역만 당시 제일 핫한 여배우 중 하나였던 이상아가 소화했고 나머지는 모두 성우와 그 자녀들이 연기했다. 아, 참. 당시 꼬제뜨 아역을 했던 열 살 소녀는 나중에 자라 장나라가 되었다!

막내인 나는 중국도 따라가고 뮤지컬 조연출로도 뛰면서 그런 소식들을 협회원과 방송가에 널리 알리는 〈성우협회보〉 만들기에도 참여했다.

내 실망이 시작된 곳은 바로 그 협회보를 만들던 사무실이었다. 여의도 KBS 본관 근처 오피스 건물, 20평이 될까 말까 한 성우협회 사무실에는 테이블 서너 개와 소파, 그리고 작은 회

의실이 한 개 있었는데… 그곳에서 언제나 고스톱 판이 열리고 있었던 거다. 배역 이름만 대면 모두가 목소리를 기억할, 소위 잘 나가는 성우들이 뭐가 부족해서 아침부터 모여 저렇게 고스톱이나 치고 있는 것일까?! 나는 그들이 내 선배라는 사실이 부끄러워 혀를 깨물고 싶은 마음이었다.

나는 고스톱을 칠 줄 모르는, 설사 방법이야 알았다 해도 자식들 앞에서 한 번도 그런 모습을 보인 적이 없는 부모님 밑에서 자랐다. 지금 와서 생각해 보면 그런 엄숙한 환경이 꼭 좋은 것만은 아니란 생각도 들지만… 어쨌든 그 덕에 이른 아침부터 벌어지는 도박판을 바라보는 내 시선은 고울 수가 없었던 거고 나아가 내가 그런 루저들과 같은 직업을 갖고 있다는 사실이 너무나 너무나 부끄러운 지경에 이르게 되었었다. 꿈속에서만이라도 성우가 아니고 싶었을 만큼 말이다.

아, 오해가 없길 바란다. 나는 이제 그때의 그 선배들을 루저라고 생각하지 않는다. 너무나 이해하고 한때나마 오해했던 것을 죄송하게 생각한다.

그들은 왜 이른 아침부터 모여 앉아 화투패를 돌려야 했을까? 힌트는 그 선배들이 하나 같이 남자였다는 것이다. 녹음이 없는 날, 여자 성우들은 기쁘게 개인차가 있을 것이다 집에서 집

안 일을 한다. 여자가 집에 있는 것은 하나도 이상한 일이 아니기 때문이다. 그러나 남자 성우들은 다르다. 삼식이가 되지 않기 위해 그들은 어디든 나가야 했다. 아침이면 일 나가는 가장의 모습을 연출하기 위해서. 그러나 아침부터 어딜 갈 것이며 또 뭘 할 것인가. 그때 그 선배들은 협회 사무실을 찾았던 것이고 지금처럼 다양한 여가 활동이 없던 시절이다 보니 고스톱이나 쳤던 것이다. TV 속 남자 연예인들이 죽어라 사회인 야구를 하고 낚시를 다니고 하는 것들이 다 같은 맥락이다.

어쩌면 지금도 나는 누군가를 그렇게 오해하고 있을지 모르겠다. 하지만 어떤 행동이건 찬찬히 들여다보면 다 이유가 있는 법. 가끔은 곰곰이 생각해보는 것도 좋다.
왜 저러는 걸까?
선배들을 이해하게 되면서 나는 내 직업이 다시 좋아졌고 그만큼 더 행복해졌다.
사람을 이해한다는 건 참 좋은 일이다.

그리고 삼식이 되기를 두려워하는 이 땅의 남성들에게 외친다.
스스로 만들어 먹는 삼식이가 되라고.
자기 집에서 자기가 요리하고 청소하는 건 부끄러운 일이 아니라고.

아니, 그건 아주 당연한 일이라고!

이 땅의 일식이 이식이 삼식이가 스스로 밥상을 차릴 줄 알게 되는 날, 지구에 진정한 사랑과 평화가 찾아오리라 믿으면서….

2018. 8

SALT

흰자와, 노른자

친구 A와 O는 어느 날 삶은 계란 흰자와 노른자에 관한 아주 놀라운 진실을 알게 된다. 고등학교 시절 만나 함께 재수학원을 다니고 같은 대학에 다녔던 둘은, 직장까지 같은 동네로 가게 되면서 절친 관계를 십수 년째 이어오던 중이었다.
둘은 냉면, 쫄면 따위를 먹을 때마다 함께 나온 삶은 계란 반쪽을 사이좋게 나눠 먹곤 했는데 A는 늘 당연하다는 듯이 흰자를 O에게 주었고 O는 노른자를 A에게 주었다.

"삶은 계란 흰자를 좋아하세요, 노른자를 좋아하세요?"

그러던 어느 날 미팅에서 만난 한 남자가 둘에게 이런 질문을 던졌다.

A는 당연하다는 듯 "흰자요." 하고 말했고
O도 당연하다는 듯 "노른자요."라고 대답했다.
0.5초쯤 뒤 A와 O의 눈동자가 서로 만난다.

"저엉말? 넌 흰자가 더 좋았던 거야?" - O

"넌 노른자를 더 좋아했던 거라구? 어머 특이하다. 여자애들은 다 흰자를 좋아하지 않나? 그래서 내가 늘 너한테 흰자를 준 거야." - A

둘은 서로 자기가 좋아하는 걸 상대도 좋아할 줄 알고 알아서 양보하고 본인은 좋아하지도 않는 걸 괴롭도록 먹어왔던 거다.

그로부터 얼마 후, A는 혼자서 소개팅을 나갔다.
이태리에서 가구 디자인을 공부하고 왔다는 30대 초반의 남자는 베르사체 양복에 파리도 미끄러질 최고급 승용차를 타고 나왔다. 예술 하는 사람에 대한 진한 동경을 늘 품고 살아왔던 A는 돈까지 많은 상대 남자를 보고 이게 웬 떡인가 싶었다.
그날 함께 식사를 하는데 남자가 자꾸 버섯을 골라 A에게 주었다. 초면에, 첫 식사에서 음식을 골라 나눠주다니! A는 배려심 많은 자기의 친구 B가 떠올랐다.

"버섯을 좋아하시는군요?"

미소와 함께 던진 A의 질문에 남자의 얼굴이 순간 일그러졌다. 세상에! 남자는 버섯이 싫어서 초면인 A의 그릇에 버섯을 덜고 있었던 거다. 무의식적으로. 그러다 A의 질문을 듣고 그것이 자신의 행동을 비꼰 것이라고 곡해하고는 불쾌해진 거였다.

자기가 좋아하는 걸 상대도 좋아할 줄 알고 알아서 양보했던 A와 O.
따뜻한 우정이다, 싶다. 그러나 둘은 넘겨짚은 것이 틀렸기 때문에 좋아하지도 않는 노른자와 흰자를 먹느라 작은 고생을 했다. 자기가 싫어하는 걸 상대의 취향이야 어찌 됐건 상대의 그릇에 마구 퍼주었던 소개팅 남. 세상에 다시없을 노 싸가지 인간이지만 적어도 자기가 싫어하는 버섯을 먹지 않을 권리만큼은 잘 지키며 살아왔다.

그 소개팅 식사자리에서 일어선 이후 A의 인생에 그 가구 디자이너는 없다. 당연한 일이겠다. 그런데! O도 함께 사라졌다.

소개팅 남은 곁다리. 오늘의 진짜 질문은,
'그토록 서로를 배려해주던 O와 A는 왜 서로의 인생에서 사라졌을까?' 하는 것이다.

내 생각은 이렇다.
진정한 절친이라면 상대가 좋아하는 것이 흰자인지 노른자인지 정도는 정확히 알고 있었어야 했다. A와 O는 삶은 계란 반쪽을 나누어 먹는 행위 외에도 수많은 삶의 선택 상황에서 그렇게 어정쩡한 배려를 해왔을 거다. 그렇게 서로 알아서 과한 배려를 하다가 지쳐 나가떨어졌다고나 할까?

A와 O는 진정한 배려의 의미를 몰랐다.
진정한 배려란 상대가 원하는 걸 주는 것. 상대가 원하는 것을 정확히 알고 그것이 법적, 도덕적으로 결함이 없는 것이라면 그것을 주려고 노력하는 것, 그것이 사랑이고 배려이며 관계의 기본룰이다.

당신과 그 사람은 흰자와 노른자 중 어느 것을 더 좋아하는지?

2018. 8

K교수님의 첫사랑

어딘가 도회적이고 이지적이며 창백한 남자.
노타이 차림으로 셔츠 윗단추 하나쯤 풀어 헤치고 소매를 걷어 올린, 금테 안경이 잘 어울리는 남자. 어린 시절 내가 품었던 대학교수라는 직업의 이미지다. 그런 내 편견을 첫 만남부터 박살내 주신 건 대학 2학년 전공 시간에 만난 K교수님이다.

대한민국 부동의 초일류대인 S대를 졸업하고 이름을 대면 남들이 다 아는 대학의 정식 교수가 되기까지의 지난했을 과정이 첨 뵌 순간 좌르르 그려졌다. 늘 연구실에 계실 텐데도 금방 밭에서 김매다 오신 듯 거무튀튀한 얼굴, 좀 심하다 싶게 들쭉날쭉한 치아. 그 속에서 찬연히 빛나는 금빛테두리…
의상 센스야 말해 뭣하랴. 선생님은 죽어라 공부만 하며 젊은 날을 보내셨을 것이 분명했다. 강의도 지루하기 그지없었다.

본인 나름의 유우머를 섞어 말씀하시긴 했지만 그것이 우리 감각과 맞지 않았고, 가끔은 삼천포로 새기도 하는 다른 선생님들과 달리 수업에 과하게 충실하셨다. 그런 선생님께서 어느 날, 먼 데 하늘을 우러르는 것 같은 눈빛이 되셔서는 처음으로 수업과 무관한 이야기를 꺼내셨다.

바야흐로 40여 년 전, 선생님 마음속엔 황순원의 〈소나기〉를 떠오르게 하는 한 소녀가 있었다. 소나기를 피하기 위해 소년, 소녀가 으슥한 곳으로 내달리던 후반부가 아니라, 소년이 먼 데서 소녀를 흘끔거리던 개울가 풍경뿐이긴 했지만, 어쨌든 선생님께는 그런 아련한 첫사랑의 추억이 있었다. 얼굴이 하얗고 웃는 얼굴이 예쁜, 목이 긴 소녀. 그러나 안타깝게도 선생님 자라시던 깡촌마을엔 중학교가 없었고 근처 읍내로 진학하기엔 너무나 수재였던 선생님은 집안의 모든 기대를 자신의 어깨에 이고 대처로 유학을 떠나실 수밖에 없었다.

소녀에 대한 연정은 물리적 거리와 세월에 씻겨 빛이 바랠 수밖에. 그렇게 시간은 흘러 어느덧 선생님은 한 가정의 가장으로서 중년의 대학 교수님이 되었는데 이것은 선생님 태어난 마을 최고의 경사였다, 그 소녀가 선생님 연락처를 알아내어 연락을 해 왔던 것이다.

40년 만이었지만 첫눈에 알아볼 수 있었다고 하셨다.
그러곤 아주 짧은 침묵… 왜인지는 모르겠지만 그 이후 선생님의 표정은 잘 기억나지 않는다. 아마도 K교수님 성향상 별 일 아니라는 듯 웃으셨을 게다. 그래도 우리는 그 웃음 뒤의 쓸쓸함을 보았을 테고.

뒷이야기를 요약하면 이렇다. 그 소녀가 조금 지쳐 보였고, 생각만큼 아름답지 않았으며 알고 보니 교수님께 정수기를 팔고자 찾아왔다는 것.

우리가 그날 보았던 선생님의 쓸쓸함은 그녀가 상상만큼 예쁘지 않아서도 아니고 그녀가 정수기를 팔기 위해 왔던 때문도 아니었을 거다. 선생님이 쓸쓸했던 것은… 세월이랄까, 인연이나 운명이랄까 하는 것들 앞에서 우리가 얼마나 속수무책인가 하는 것을 깨달았기 때문이 아닐까.

그해 가을에는 태진아가 부른 〈옥경이〉라는 노래가 전국을 휩쓸었었다. 나는 지금도 〈옥경이〉를 들으면 K교수님이 생각난다.

~ 희미한 불빛 아래 마주 앉은 당신은

언젠가 어디선가 본 듯한 얼굴인데
이름을 물어보고, 고향을 물어봐도
잃어버린 이야긴가
대답하지 않네요. ~

아마 그녀도 그러고 싶었을 것이다. 그놈의 정수기만 아니었다면 우아한 침묵으로 일관할 수 있었겠지. 은은한 미소만 띄운 채.

그나저나 우리 K교수님,
건강하게 잘 살고 계시려는지…
그 이야기를 듣던 그때가, 선생님의 소년시절까지… 모두 그립고 그립다.

2018. 9

특수 요원 안샘물의 노후

2004년 겨울, 생후 2개월 된 마티즈 한 마리가 양말에 담겨 우리 집으로 왔다. 꽉 쥐면 터질 것만 같던 그 작고 보드랍고 몽클거리는 생명은 아침마다 내 온 얼굴을 핥으며 침대 위를 날아다녔다. '기쁨이 샘솟는다는 게 이런 거구나', 첫날밤을 보내고 난 아침, 그 혓바닥 세례 속에서 강아지 이름을 '샘물이'라고 지었다. 기쁨의 샘물.

그 후, 강아지 혼자 오래두면 우울증에 걸린다는 핑계로 내가 다니는 모든 곳에 샘물이를 데리고 다녔다. 심지어 방송국 스튜디오 안까지 개를 데리고 들어가 녹음을 했다. 천만다행 샘물이는 좀처럼 짖지 않는 강아지였고 제작진 역시 한 없이 좋은 분들이었다. 게다가 개주인은 눈치가 영 젬병이었다.

샘물이는 내 삶을 많이 바꿔 놓았다. 작은 원룸이 답답할까 하여 더 넓은 집으로 이사도 했고 즐기지 않던 산책도 거르지 않았으며 밤의 술자리는 자연히 모두 접게 되었다. 결혼할 남성의 제1 조건도 내 개를 사랑해줄 수 있는가,로 수정되었다. 다행히 나보다 더 개를 사랑하는 남편을 만나 샘물이는 두 배의 사랑 속에 공주님 대접 받으며 잘 커나갔다. 그러다 내가 임신을 했다. 샘물이의 견생은 나락으로 떨어지기 시작한다.

더 이상 주인들과 함께 한 침대에서 잘 수 없었고, 길고 탐스런 털은 바짝 잘라내야만 했다, 아기가 태어난 후 삼칠일은 아예 남의 집으로 유배 보내졌다, 집안 곳곳엔 울타리가 설치되었고 샘물이만을 위한 산책, 털 빗고 단장하기, 장난감 놀이 등의 시간은 점점 사라져갔다. 그렇게 집 안의 찬밥이 되어가던 샘물이는 우리 아이가 혼자 힘으로 식탁에 앉아 식사를 시작하던 무렵부터 새로운 존재 의의를 찾게 된다. 이름하여 '특수요원 안샘물'. 샘물이는 나와 성이 같다

식사 때마다 식탁 밑에 대기하고 있다가 아이가 흘린 음식을 잽싸게 주워 먹는 것이 임무인데 이건 샘물이와 아이, 나 모두에게 아주 행복한 일이었다. 사료 외의 음식을 먹을 기회가 별로 없던 샘물이에겐 맛난 먹을 것이 생기고 아이는 혼날 일이

줄어들며, 나는 걸레질하러 일어서는 대신 식사를 계속 할 수 있었기 때문이다. 그렇게 5~6년 간 생의 활기를 되찾았던 특수요원 안샘물에게 슬픈 변화가 찾아왔다. 우리 아이가 웬만해선 음식을 흘리지 않게 된 것이다.

더 이상 특수요원일 수 없는 샘물이가 택한 전략은 애처로운 눈빛으로 우리를 바라보는 것이다. 개를 키워본 사람은 안다. 그 눈빛이 얼마나 사람의 애간장을 녹이는지. 우리 가족은 매 끼니 때마다. 간식을 먹을 때마다 고민한다.

'샘물이의 나이 이제 열다섯 살. 몸에 좋다는 사료만 먹는다면 더 오래 우리와 살 수 있겠지, 하지만 먹는 순간의 기쁨도 중요하지 않을까? 즐거우면 생명이 더 늘어날 수도 있을 텐데.'
어떤 날은 우리 곁에서 더 오래 살아줬음 좋겠고 어떤 날은 지금 당장 더 행복해하는 걸 보고 싶다. 어떤 게 옳은 것일까? 오래 살 것인가, 지금 이 순간 행복할 것인가. 그 적절한 균형 찾기가 참으로 어렵다.

2018. 9

남들이 뭐라든

얼마 전, 남북 정상이 백두산 천지에 오른 소식에 내가 천지에 올랐던 20대의 여름이 떠올랐다.
한중 수교가 이루어지기 직전이던 1992년 7월, 성우협회는 연변 조선족 자치주의 배우들과 한중 합작 라디오 드라마 제작을 하기 위해 중국을 방문했다. 함께 드라마를 제작하고 그쪽 분들과 친교의 시간을 갖는 것 외에도 만리장성, 자금성 등의 유명 관광 코스를 둘러보는 일정이었다.

당연히 백미는 백두산 천지였다.
개혁개방을 시작했다고는 하지만 1992년의 중국은… 아, 알 사람은 알 것이고 모르는 사람은 영원히 모를 것이다. 아무튼 그 끔찍한 여행의 모든 피로와 짜증을 씻은 듯 사라지게 해준 것은, 백두산 정상에서 내려다본 천지의 장엄함이었다. 우울증에 걸린 사람의 가슴까지도 탁 틔워주는 장관…
백문이 불여일견인 것 딱 한 가지를 꼽으라면 나는 서슴없이 천지를 꼽겠다. 마침 과학 숙제를 하던 아들이 한여름 백두산에 만년설이 있냐는 질문을 해 그 시절 사진첩을 펼쳤다. 엄마가 천지에 오른 사진을 보여주지!

그 사진들 속에서 나는 한 청년을 발견했다.
나와 다정히, 그러나 예의 바르게 어깨동무를 하고 있는 그는 가이드를 맡았던 조선족 청년이다. 당시 성공한 사람의 상징이던 벽돌 크기 모토롤라 핸드폰을 손에서 놓지 않던 그는 막 불기 시작한 한중 교류 바람에 제일 먼저 올라탄 성공한 사업가였다.

처음 보았을 때부터 인상이 좋았다. 총명한 사람이었고 외국인이지만 말이 통하는 데다 나이도 나와 비슷했다. 여행을 함께 간 분들이 죄다 높은 연배의 선배님들이어서 무거운 물건 일테면 30인 분의 김치와 고추장 같은을 혼자 도맡아 들어야 했고 말이며 행동거지도 조심 또 조심하던 나로서는 가이드가 내 또래라는 것이 얼마나 좋았는지 모른다.

그렇게 일주일을 붙어다니다 보니 그와 나는… 뭐랄까… '사랑에 빠졌다' 같은 관계가 되고 말았다. 그러나 시간이 너무 없었다. 7박 8일이라는 시간은 물론이고 그 빡빡한 일정에서 둘만의 시간을 만든다는 것도 거의 불가능했다. 그렇게 가슴만 태우다 마지막 밤이 되고 말았다. 누가 먼저 말을 꺼냈는지 모르지만 그와 나는 용기를 내어 밤늦게 만나기로 했다. 모두 잠든 후 호텔 커피숍에서 만나 차를 마시자고. 그날 밤 우리는 차 한 잔을 마신 후 근처 공원으로 갔다.

사회주의 국가의 밤 공원은 엄청 안전하다. 노숙자도 불량배도 없다. 오로지 쏟아지는 별빛 달빛 아마 그랬겠지. 기억은 나지 않는다 뿐 온 세상에 그와 나 단 두 사람뿐인 것 같았다.
노래 부르기를 좋아하는 그와 나는 밤새 노래를 불렀다. 주로 그가 부르고 내가 들었던 것 같다. 나는 그가 골라 준 편안한 나뭇가지 위에 밤새도록 앉아 있었다. 그는 그 나무 밑에서 노래를 불렀다. 지치지도 않고 밤새도록.

여름은 밤이 짧다. 어느새 동이 터왔고 공원 여기저기서 사람들이 나타나 태극권을 하거나 무도회 춤 연습을 시작했다. 더는 있을 수 없어 우리는 아쉽게 숙소로 걸음을 옮겼다.

그런데 그 이른 새벽의 호텔 로비가 사람들로 북적거리고 있었다.

무슨 일이지?

호텔 회전문을 밀고 들어선 그와 나는 그만 얼음처럼 굳어버리고 말았다. 우리를 발견한 사람들이 뿜어내는 경악의 눈빛 때문이었다. 알고 보니 밤새 내가 납치됐다고 괴소문이 났고 하늘 같으신 대 선배님들께서 잠도 못 주무신 채 공안에 연락을 한다, 조를 짜서 수색을 한다, 하며 난리법석을 치고 계셨던 것. 아, 그날 아침 나는 그와 애절한 이별의 슬픔을 누리지도 못하고 밤새 외간 남자와 나돌아 다닌 행실 나쁜 여자아이가 되어버린 현실과 싸워야 했다.

서울로 돌아와 그와 몇 번의 통화를 했다. 그러나 웬일인지 그 모든 떨림과 설렘이 신기루처럼 느껴졌다. 더 이상 그가 좋거나 그립지 않았다.

지금 돌이켜보니 나는 주변의 시선을 과하게 신경 쓰는 사람이었다. 겉으로는 자유로운 척, 내 주장이 강한 척 살지만 사실은 소심하고 남 눈치보고 혹여라도 내 평판이 나쁘게 날까 전전긍긍하며 살아가는 사람…
그와의 아름다웠던 기억보다 선배들의 평판에 더 마음을 쓰느라 그 꿈결 같았던 아름다운 여름밤을 완전히 잊고 살았다.

이번 생에서는 힘들겠고… 혹시라도 다음 생에 그런 짧은 로맨스를 또 만나게 된다면 내 사랑에 집중해야겠다고 다짐한다.

남들이야 뭐라든!

2018. 10

상처는 오히려 그 사람의 것

아들아이가 킥보드를 타다 넘어져 양쪽 팔에 깁스를 했다. 그러고 나니 아이가 혼자서 할 수 있는 일이 거의 없어 덩달아 나까지 참 힘들어졌다. 먹이고 씻기고 입히고 대소변 누이고 책보 싸고 풀고…

허나 인생사 새옹지마라고, 아들과 찰싹 달라붙어 지낸 덕분에 아들아이가 친구 문제로 가슴앓이를 하고 있다는 걸 알게 되었다. 어디선가 주워들은 육아지식 중 아이들 고민에는 엄마 아빠의 구체적인 과거사를 들려주는 것이 가장 큰 도움이 된다던 것이 떠올라 까마득한 초등학교 시절 기억을 더듬어 보았다.

6학년 봄, 나는 나와 잘 지내던 J가 갑자기 나를 피해 상처를 받은 적이 있다. 한두 달 후 관계는 회복되었지만 소풍날 점심시간 내가 앉을 자리를 의도적으로 없애버리고, 학교 끝나면 뭐 하냐는 질문에 늘 바쁘다고 이런 저런 핑계를 댔던 일은 두고두고 상처로 남았다.
집단 왕따를 당하는 것에 댈 바는 아니겠으나 잘 지내던 관계의 사람이 갑자기 나를 피하는 경험도 아픈 것은 마찬가지다.
세월이 흘러 내 절친으로 남은 J에게 '그때 왜 그랬느냐'고 꼭 묻고 싶은 마음이 있었지만 만나면 산적한 현안으로 수다 떨기 바빠 묻지 못했고… 그러다 결국 영영 이유를 알 수 없게 되었다.

J가 10년 전 먼저 하늘나라로 가버렸기 때문이다. 아마 J 입장에서도 이 세상 떠나기 전에 내게 똑같은 걸 묻고 싶었을 것이다. 나 또한 J를 의도적으로 피했던 적이 있기 때문이다.

30대 초반의 나는 J에게 늘 바쁜 친구였다. 싫은 사람 피하는데 그보다 나은 핑계는 없다.
미안해. 바빠, 할 일이 있어.

당시에는 잘 지내오던 친구를 피하게 된 나 자신의 죄책감을 씻어 내기 위해 온갖 핑계를 갖다 붙였었다.
J는 자기주장이 너무 강해. J는 이기적이야. J는 너무 무례해….

J는 원래 자기주장이 강한 아이였다. 그걸 모르고 20년을 친구로 지냈던가? 아니다. 이기적인 건 모든 사람이 그렇다. 친구나 가족처럼 가까운 사람에게는 그러지 않으려고 노력하지만 결국 누구나 실수를 한다.

무례함도… J의 매력이었다. 그 애는 세상의 규칙에 얽매이지 않는, 진정 자유로운 영혼이었으니까. 그렇게 다 알고 잘 지내왔던 것들을, 마치 절대 못 참을 걸 감내해온 오랜 희생자인양 나 자신을 합리화하며 나는 그 애를 피했었다.

왜 그랬을까?

한두 달도 아니고 몇 년씩…

그건 시샘 때문이었다.

내가 J를 피했던 건, 3년쯤 방송을 떠났다 복귀했을 때였다. 이런저런 외유 끝에 내가 있던 자리로 돌아오니 J와 나는 완전히 위치가 바뀌어 있었다. 나는 빌빌대며 다시 일할 자리를 찾고 있는 한물간 라디오 진행자였고 J는 별 볼 일 없는 부서의 번역 작가에서 공중파 TV까지 진출한 꽤 이름 난 방송인이 되어 있었다. 나는 그 자리에 J를 소개한 내가 진심으로 원망스러웠다. 내 속 좁음이 정말 부끄럽지만 아들을 위해 다 털 수밖에…

J에게 내가 좀 덜 바쁜 사람이 된 것은 내가 그럭저럭 다시 자리를 잡은 후였다.
누구나 한 번쯤, 잘 지내오던 사람이 나를 갑자기 피하는 황망한 가슴 아픔을 겪는다. 지금 혹시 그런 아픔 속에 있는 분이 계시다면 꼭 기억하시라. 그건 내 잘못이 아니다.
물론 내게 잘못이, 단점이 없다는 뜻은 아니다. 그러나 사람은 누구나 '그럼에도 불구하고' 누군가를 사랑하고 친구, 연인이 된다. 그런데 잘 참아오던 내 어떤 점을 그 사람이 갑자기 진저리치게 됐다면 그건 그 사람 내면에 생긴 문제 때문이다. 그 사람 내면의 무언가가 상처받고 지쳐서 나를, 내 안의 무엇을 참을 수 없게 된 것이다.

아들아이에겐 이렇게 말해주려고 한다.

니가 속상한 건 이해해. 하지만 널 피하는 사람의 마음을 되돌릴 방법은 없어. 게다가 지금 너를 피하는 그 친구는 마음이 몹시 힘들거든. 언젠가 극복하고 돌아온다면 기쁘게 맞이하자, 그렇지 않다면 그냥 좋은 기억만 간직하고.
우리 모두는 특별하고 소중해.
내 특별함과 소중함을 인정해줄 수 있는 사람에게만 집중하기에도 인생은 참 짧고 우린 응원이나 하자.

니가 좋아하는 그 친구가 마음속 힘든 일을 이겨낼 수 있기를!

2018. 10

부모님의 반대를 극복하는 법

나에게는 어려서부터 함께 자란 열다섯 살 위 외삼촌이 있다. 그 누구보다도 스마트하고 유쾌한 우리 외삼촌은 특히 말솜씨가 아주 뛰어나다. 삼촌의 이야기 솜씨를 증명하는 일화 하나.

1980년이던가, 아가사 크리스티 원작 〈나일 살인 사건〉이 개봉했다. 한창 추리소설 좋아할 나이였던 난 친구들과 함께 보러 가기로 약속을 하고 그날만 손꼽아 기다리고 있었는데 영화를 보기로 한 그날 아침, 외삼촌에게 자랑을 한 것이 사단이었다.

"그으래? 나도 그 영화 봤는데."
"재밌어? 어떤 내용이야, 삼촌?"

곧 보러 갈 영화 내용은 왜 물어봤는지… 나는 외삼촌의 영화 얘기가 너무 흥미진진해서 친구들과의 약속을 간단히 포기했다. 친구들아 미안해 삼촌은 〈나일 살인 사건〉 외에도 이소룡 영화며 당시에 자신이 본 영화 얘기를 메들리로 들려주었다. 나는 추운 겨울에 동동거리며 극장까지 가는 것보다 삼촌의 안방극장에서 여러 편의 영화를 듣는 게 훨씬 재미있었다. 그날 안방 아랫목에서 뜨거워지는 궁둥이를 움찔움찔 해가며 삼촌의 얘기를 듣던 일이 어제인 듯 생생하다.

외삼촌은 그 화려한 언변으로 70년대 중반, TBC인가 동아방송인가에서 주최한 MC선발 최종 3인에 들기도 했었다. 당시 부모님의 추천가요였던 〈서울의 찬가〉 대신 〈댄서의 순정〉을 부르도록 특훈을 시킨 것도 삼촌이었다.

이름도 몰라요 성도 몰라, 처음 본 남자 품에 얼싸 안겨~

하는 노래를 유치원생 조카에게 가르칠 줄 알았던, 유머와 페이소스가 가득했던 삼촌은 고등학교 때 낙지국을 두 번이나 먹고도 어린 시절 나는 이게 무슨 뜻인지 몰랐다. 나 같은 젊은이를 위해 부연하자면 낙제 했다는 뜻 뛰어난 수학 실력 덕에 명문 K대에 합격했다.

집안의 문제아이자 또 엔터테이너이기도 했던 외삼촌은 우리 남매의 우상이었다. 삼촌이 들려주는 역사이야기, 종교 이야기, 연예계 얘기… 모든 게 우리에겐 바이블이었으니까. 그러던 삼촌에게 슬슬 장가갈 나이가 다가왔다.
아마도 〈나일 살인 사건〉이 개봉한 그즈음이었을 거다. 어느 날 삼촌은 이 여자와 결혼하고 싶다며 엄마와 외할머니에게 사진 한 장을 들이밀었다. 옆에 있던 오빠와 나도 보았음은 물론이다.

아! 어쩌면 좋은가.
코발트 블루의 야한 수영복을 입고 미스코리아처럼 파마를 한 사진 속의 아가씨는 진한 눈화장이며 표정이 누가 봐도 여염집에서 자란 사람 같질 않았다. 〈선데이 서울〉의 수영복 화보를 보는 느낌? 우리는 모두 입을 다물었다.

두어 달쯤 후, 삼촌은 또 다른 사진을 들고 왔다. 지난번 여인과 헤어진 후 상처가 깊었으니 이번에는 허락해 달라나? 그러나 그 사진은 더 강렬해진 속편에 지나지 않았다.
할머니와 엄마는 화 낼 기운도 없으신 것 같았다.
한동안 절망한 표정으로 다니던 삼촌은 또 결혼 얘기를 꺼냈다. 이번엔 사진이 아니라 실물을 보시라는 거였다. 가족들은 모두 긴장했고 도대체 어떤 여자가 올 것인가 초조한 마음으로 기다렸다. 제발 사진 속 그런 여자들만 아니기를…

그런데! 삼촌과 함께 들어선 아가씨는 우리의 예상을 확 뒤집는, 너무나 참한 아가씨였다. 귀밑 찰랑거리는 생머리 단발에 화장기 하나도 없는, 어찌 보면 심하게 소박하다 싶은 그런 아가씨. 외할머니도 엄마 아빠도 모두 묻지도 따지지도 않고 좋다고 하셨다.

사실 엄마와 외할머니는 집안의 3대 독자였던 외삼촌에게 기대가 컸고 재력, 학벌, 집안 환경… 등 많은 면에서 까다로운 기준을 가지고 색싯감을 고르고 계셨다.
삼촌은 알고 있었다. 이 정도 환경의 아가씨를 허락하실 리가 없다고. 해서 6개월쯤 장기 전략을 짜고 그 요상한 사진들을 구해서 먼저 들이밀었던 거다. 그리고 그 사진 쇼크 전략이 맞아떨어져 모든 관문을 무사통과하게 되었던 것.

부모님의 반대로 어려움을 겪는 연인들에게 우리 외삼촌의 전략을 소개한다.

충격요법을 통한 마음 비우기!

요즘처럼 정보가 범람하는 시대에 거짓 연인인 척하기가 그때 처럼 만만하진 않겠지만 한 번쯤 사용해볼 법 하지 않은가?

요리 중, 채칼에 엄지손가락을 베였는데 의외로 상처가 깊어 이번 달은 한 번 밖에 글을 올리지 못했네요. 죄송하게 생각합니다

2018. 11

나는 사람을 살릴 수 있는 사람인가?

20대 KBS전속 성우 시절, 나는 틈만 나면 주차장에 가서 혼자 차 안에 앉아 있었다. 책을 읽거나 노트에 뭔가를 끄적거리면서. 아르바이트 한 번 제대로 안 해보고 입사한 내게 '사회생활'이란 이름의 일상은 부딪히는 곳, 닿는 곳마다 송곳처럼 아팠다. 좋은 것이 왜 없었으랴만 그때의 나는 온 신경을 내 아픔에만 집중했다.

우리는 매 순간 자신이 무엇에 집중하느냐에 따라 행복해지기도 하고 불행해지기도 한다. 로또 한 장을 사들고 일주일 내내 입이 헤벌어지는 즐거운 상상만 하면서 보낼 수도 있고 속상한 일, 후회되는 일, 걱정되는 일에만 집중하면서 미간의 주름에 영구문신을 새길 수도 있다.

그때 나는 한없이 어리석었다. 그래서 혼자인 게 좋았다.
출근길만 아니라면 길 밀리는 것조차 환영이었다. 가족도 없고 직장 사람들도 없이 나 혼자 나만의 공간 안에 오~래 있을 수 있다는 것이 그렇게 안심되고 편할 수가 없었다. 라디오에서 좋아하는 음악이라도 나올 것 같으면 볼륨을 높였고, 비 오는 날이면 와이퍼의 움직임, 물방울에 반사되며 흘러내리는 색색의 빛들을 보면서 좋아했다.

21세기가 막 시작되었을 때, 출가했던 오빠네 식구가 쌍둥이 육아 때문에 집으로 들어왔다. 할머니 엄마 아빠 오빠네 식구 넷, 나까지 8명의 식구가 북적이며 살게 되었을 때, 혼자이고 싶은 내 욕망은 절정에 달했다. 하필 그때는 이런저런 이유로 아버지 차를 얻어 타고 다닐 때여서 나만의 공간이라는 것이 없었다. 언제든 누구든 작은 내 방문을 열어젖혔다.

결국 S대 입구에 막 새로 생긴 원룸에 전세를 얻었다. 차까지 다시 장만하고 나니 나는 아주 아주 잠깐만 사람들과 섞이고 나면 거의 언제나 오롯이 혼자가 될 수 있었다.
아, 독립이 이렇게 좋은 거구나!
하지만 혼자 있을 자유를 얻은 대신 몸이 축나기 시작했다. 언제나 냉장고 문만 열면 먹을 것이 있던 우리 집과는 달리 새로

장만한 내 냉장고엔 아무것도 들어있지 않았다. 어쩔 수 없이 강제 절식과 폭식을 거듭했다.

위산과다로 배고픔을 잘 못 참는 나는 어느 아침, 아무리 뒤져도 먹을 것이 없어 곰팡이 핀 밥을 먹고 말았다. 물론 눈에 보이는 곰팡이를 잘 걷어내고서.
배불리 먹고 나니 기분이 좋아졌다.
훗. 곰팡이, 별 거 아니군.
30분쯤 지난 시각, 모두가 시속 10Km로 달리는, 주차장과 다름없는 출근길 강변북로에서 갑자기 신호가 왔다. 아무리 그래도 곰팡이는 너무하지 않냐는 내 가련한 몸의 항변이었다. 결국 나는 그곳에서 차창 밖을 향해 폭포수 같은 오바이트를 쏟아내고야 말았다. 아, 차라리 혼자 있는 집에서 그랬다면 좋았을 걸… 모든 것이 정지한 것 같던 그 순간 주변 운전자들의 눈과 입이 벌어지던 모습이 지금도 슬로우 모션처럼 떠오른다.

경험한 바, 혼자서도 잘 사는 사람이 결혼해도 잘 산다.
살림이라는 건 결국 사람을 살리는 일. 밥도 할 줄 알아야 하고, 빨래, 설거지, 청소, 정리 정돈, 분리 배출, 쇼핑, 금전관리, 건강관리… 다 잘해야만 한다.
살림 잘하는 사람을 그래서 제일 우러러본다. 살림 장인은 사람의 몸과 마음을 모두 살린다.
갑자기 혼자 살기 얘기를 하는 건, 요즘 나와 같이 라디오를 진행하는 20대 초반의 동료 K씨 때문이다. 수 천대 1의 경쟁을 뚫고 최근 한 블록버스터 영화에 당당히 주인공으로 발탁되었으므로 조만간 스타의 반열에 오를 것 같은 그녀가 어느 날 이런 얘길 했다. 부모님이 너무 엄하셔서 집에 일찍 들어가야 하는데 그게 참 싫다고, 그래서 빨리 결혼하고 싶다고.
오! 노! 네버!!!!!

인간도 동물이므로 장성하면 모두 독립을 원한다. 나처럼 심하진 않더라도 혼자만의 공간을 원하는 건 자연스럽다. 그러나 독립을 원하는 것과 결혼을 원하는 것은 전혀 별개의 문제다. 그걸 착각하면 큰 실수를 범하게 된다.

미혼인 분들은 잘 생각해보셔야 한다.
내가 원하는 것이 부모로부터의 독립인지 그 사람과 함께 하는 것인지.
그리고 과연 나는 혼자서도 나 자신을 살릴 수 있는 사람인지를.

2018. 12

대대전

대치동에서 대신 전해드립니다

카톡 대문 글을 바꿨다.

<그날이 왔다!>

무슨 뜻인고 하니, 이제 누구 누구 엄마로부터 해방되어 나 자신의 삶을 살아갈 날이 왔다는 것.
시간을 이기는 장사는 없다.
저 녀석이 언제 자라 사람 구실을 할까, 했던 아들이 혼자 끼니를 챙겨 먹을 만큼 자란 올봄, 나는 기미 독립선언 100주년 기념식과 보조를 맞춰 육아 독립을 선언했다.

자, 이제 독립선언문도 발표했으니 뭣부터 시작할까나?
쇼핑? 영화? 아니지.

친구!
역시 친구와의 수다가 제일이다.

그래서 지난 주말 용감하게 아이를 버려두고 얼마만인지 모를 강남 나들이를 했다. 대학 시절 함께 연극을 했던 과 친구, 후배들과의 모임이었다. 강남에 사는 사람은 90학번인 E 하나뿐이었지만 현대고 1회 졸업생이자 방탄소년단 광팬인 M이 '그리운 압구정'을 외친 덕분에 아줌마로만 살아온 다섯 명의 여대 동창생들은 촌사람 서울 구경 가듯, 붐비는 토요일 오후의 신사동 커피숍을 찾게 되었다.

20년 만의 만남이 정말 맞는 건지, 어제 본 듯 반가운 친구들은 오전 11시부터 오후 5시까지 장장 여섯 시간 동안 같은 자리에 앉아 수다를 떨었다. 커피숍을 나서며 보니 3시부터 5시는 브레이크 타임이라는 입간판이 서있었다.

어쩐지 갑자기 한산해지더라니… 20년 만에 만난 아줌마들의 강력한 수다 파워에 종업원들이 감히 나가달란 요청을 못 한 모양이었다. 그 간판을 보고 정말 많이 미안하고 민망하고 또 고마웠다.

그날의 수다 중 대치동 엄마인 E가 들려준 〈대대전〉 이야기가 제일 기억에 남았다.

'대치동에서 대신 전해드립니다.'의 약어라는 〈대대전〉 휘문고등학교 학생들이 운영하는 사이버 공간이라는데 요즘 고등학교는 거의 모두 이런 공간을 가지고 있다고 한다. 다음은 E가 들려준 일화 두 가지.

어느 날 E의 아들이 재학 중인 휘문고에 좀도둑이 들었다. 인근 학교 졸업생인 범인은 체육시간 등으로 사람이 없는 빈 교실만 노리며 학생들 지갑 속 푼돈을 훔치느라 꽤 오랜 시간 복도 여기저기를 배회하고 있었다고 한다.
꼬리가 길면 잡힌다고, 자꾸만 복도 여기저기서 마주치게 되는 그를 수상하게 여긴 눈썰미 좋은 한 학생이 학교 측에 신고를 하면서 전교생 규모의 대추격전이 벌어졌다. 학교마다 한 분쯤 계신 사각진 거구의 체육선생님을 필두로 전교생이 이 수상한 청년을 잡기 위해 달리고 소리 지르는 대소동이 벌어진 것이다. 결국 싸이렌 소리 울리며 경찰까지 등장하면서 길지 않은 시간에 모든 게 잘 마무리되었다고 한다.

재미난 건 그 소동 자체가 아니다. 두어 시간 후 그날의 모든 사건이 편집 작업 깔끔하게 끝난 한 편의 액션 동영상으로 제작되어 〈대대전〉에 소개되었는데, 어찌나 긴박감 넘치게 잘 만들었던지 대치동 전역에서 히트를 치면서 촬영, 편집, 자막,

음악 감독을 책임진 학생들은 어깨에 힘 좀 주게 되었다나? 입시에 찌들어 사는 줄만 알았던 아이들. 그 아이들이 궁여지책으로 만들어낸 그런 숨 트임의 공간 소식에 우리들은 왠지 모를 안도감을 느꼈다. 그래, 그래 그렇게라도 풀어라.

그다음 이야기는 E의 아들이 당사자가 된 사건.
어느 날, <대대전>에 한 여학생의 동영상이 등장한다. 그 소녀는 '축제 때 팔목에 문신 그려주던 오빠의 전화번호를 알려주세요' 라고 쓰인 피켓을 들고 있었다. 전해 전해들은 이야기이므로 디테일은 다를 수 있습니다
E는 '거 참, 뉘 집 아들인지 꽤나 매력적인 모양이군.' 하고 넘어갔는데 며칠 뒤 그 문신 그려주던 오빠가 바로 자기의 막내아들이었음을 알게 되었다. 학창시절부터 꽤나 고지식한 편이었고 지금도 크게 달라지지 않은 E에게 그런 남녀상열지사는 있어서는 안 되는 재앙이었다.

아들을 닦달해 알아낸 사건의 전말은 이렇다.
축제기간의 다양한 행사 중, 인근학교 여학생들을 위해 마련한 팔목 판박이 문신 코너가 있었다. 그런데 여학생들이 좋아할 만한 판박이를 잔뜩 준비해 놓고 대박을 예상했던 그 매대에 좀처럼 사람이 꼬이질 않았다. 드문드문 들여다보긴 하는데 정

작 나서는 사람은 없는 그런 형국. 그때 어떤 똑똑한 소년이 문제의 본질을 꿰뚫어보았다.

'여학생이 믿고 자신의 팔목을 맡길 빛나는 비쥬얼의 책임자가 필요하다! 지금 저기 앉아 있는 소도둑 같은 녀석이 아니라!'

하여 농구코트에서 얌전히 선배들 잔심부름이나 하던 E의 아들이 그쪽으로 차출되어 갔다. 하얀 피부와 고급진 이목구비, 길쭉한 기럭지를 자랑하는 잘 생긴 교회 오빠 타입의 소년인 E의 막내가 그곳에 자리를 잡자마자 판박이 코너는 대박 신화를 일구게 되었다. 며칠 뒤, 그때 그 오빠를 애타게 찾는 여학생까지 등장하고 말이다.

E는 혹시라도 아들이 이성교제의 늪에 빠지게 되는 것은 아닐까 전전긍긍했지만 얘기를 전해들은 다른 아줌마들은 오로지 두 가지 생각뿐이었다.

1. E는 아들이 잘 생겨서 좋겠다.
2. 그렇게 잘 생긴 오빠가 손목을 지긋이 잡고 예쁜 판박이 문신을 새겨준다면 내가 그 소녀라도 달려가서 줄을 서겠다.

희망한다.

우리 모두의 자녀가 E의 아들 같은 빛나는 비쥬얼의 소유자로 자라날 순 없다 해도 그날, 그 문신코너의 문제점을 정확히 짚고 해결책을 마련한 그 학생처럼, 도둑놈 잡기 대작전을 편집해 올린 그 학생들처럼 좋아하는 일에서 즐거움을 찾고 스스로 문제를 해결하는 스마트한 사람으로 자라나주길…

그나저나 그 여학생은 E의 막내 전화번호를 알아냈을까?

2019. 5

글을 닫으면서

지난해 11월 오른 손 엄지손가락을 채칼에 베였다. 날아간 살점만 찾아냈더라도 봉합 수술을 해 회복이 빨랐을 텐데.. 결국 찾지 못해 오래도록 고생을 했다. 6개월이 지난 지금도 내 엄지손가락은 한쪽 귀퉁이가 잘려나간 모양 그대로다. 심지어는 가사 假使 고통도 느낀다.

그 손가락 베임 사고 덕분에 흐지부지 칼럼 쓰는 일에서 멀어졌다. 격주에 한 번이었는데도 연재라는 건 꽤나 스트레스를 받는 작업이었다. 별 생각 없이 읽어 온 이런 저런 연재 원고와, 그걸 쓰는 사람들의 인내와 책임감에 존경심을 품게 되었다.
아직은 연재를 더 계속하겠다고 말할 자신이 없다. 최근에 육아독립 선언도 했겠다 좀 자유롭게 쉬고 싶은 마음이 더 크다. 하지만 연재했던 원고를 책으로 묶는 것쯤이야 뭐 그리 어려운 일이겠는가 하며 컴퓨터 앞에 앉았다. 해보니 이 또한 녹록치 않은 일이다.

아무튼 현재 나는 9부 능선에 와 있다. 이제는 책을 닫을 때다.

글 속에 등장하는 이야기들은 내 경험도 있지만 내 소중한 친구와 이웃, 선후배들의 이야기도 많다. 또 연재 중 재치 넘치는 댓글로 응원해주신 분들이 없었더라면 이렇게 신나서 쓰지 못했을 것이다. 그러니 그분들께 감사를 전하고, 내 미천한 원고의 연재를 위해 귀중한 지면을 할애해 주셨던 투데이 신문사와 지금 이 책을 만들고 있는 〈문학의 문학〉 편집부 여러분, 또 언제나 나를 지지해주는 가족들에게 감사 인사를 전하면서 마무리를 하면 될 터인데.

아니. 아직은 아니지! 하는 외침이 내 마음 속 깊은 곳에서 계속 울려온다.

2년간, 오로지 사랑에 대해서만 생각하며 이끌어 온 글들이었다. 그런데 나는 정작 가장 중요한 얘기를 쓰지 못했다. 내 안의 아이는 그때 일을 쓰지 않고 이 책을 마무리해서는 안 된다고 외치고 있다.

하지만 쓰지 않은 것이 아니다.

쓰지 못한 것이다.

그럼에도 막무가내로 울려 퍼지는 이 아우성을 멈추기 위해 진심으로 감사 인사를 전하고 그 시절 이야기를 하나 소개하면서 책을 마칠까 한다.
여러분 모두 모두 고맙습니다.

마지막 이야기

그건 아무리 깊은 밤에도 하늘빛이 까매지지 않았던, 세검정 촌동네 소녀의 눈엔 너무나 눈부시게 번화했던 1987년 노량진에서의 이야기다.

그때 나는 노량진 대성학원 문과 8반에 등록 중인 재수생이었다. 허욱광이라고 불리던 거구의 역사 선생님이 담임이었고 100명쯤 되는 재수생 아이들이 그 답답한 교실 안에 다닥다닥 붙어 앉아 있었다. 나는 그때 나를 먼지 같다고 생각했다. 어디에나 존재하지만 아무도 아는 체해주지 않는 것. 불필요한 잉여일 뿐인 무엇. 그럼에도 그날의 나는 내 생애 어느 때보다도 찬란하게 빛났다.
〈양꽝찬란더르즈〉

우리에겐 〈햇빛 쏟아지던 날들〉로 번역 소개된, 그러나 지금은 굳이 그냥 중국어 원음으로 불러보고 싶은 강문 감독의 그 영화에서처럼 나는 빛났었다. 허나 그것은 사실이 아닐 확률이 높다. 영화 〈오! 수정〉에서도 잘 소개된 기억의 왜곡이란 현상이 당시의 일들을 나에게 유리하게 재편집했을 테니까.

어찌 되었든 나는 그 시절을, 그때 함께했던 그 친구들을 석 줄로 요약할 수가 없다. 이렇게 오랜 세월이 흘렀는데도.

삐삐도 핸드폰도 없던 시절

우리는 모두 여덟 명이었다. 여자 넷, 남자 넷. 처음부터 함께였던 건 아니었고 늘 함께였던 것도 아니었다. 그리고 끝내는 아무도 남지 않게 되었다…

처음엔 모두 초롱초롱한 눈빛으로 재수에 임했었다. 하지만 아카시아향 달콤한 딱 지금 같은 5월이 다가오고야 말았고 우리 여자 넷도 그 애들도 남자 넷 재수생이란 이름에 지쳐가고 있었다.

아침 8시부터 시작되는 학원.

5월이 되자 아이들의 땡땡이도 8시에 시작되었다. 허면 그 이른 시각에 어디로 갈 것인가. 선택은 학원 입구의 <독일 빵집>이거나 한 블록쯤 떨어진 곳의 <다전 다방> 두 곳뿐이었다. 바보가 아니라면 빵집에는 가지 않았다. 학원 관계자가 수시로 드나들었으니까. <다전다방>에도 간간이 선생님들이 드나들었지만 그곳엔 거대한 수족관이 가운데 놓여 있어서 그 뒤에 착 달라붙어 앉으면 들킬 염려가 없었다. 그곳에서 우리는 빵집에서 사온 식빵 한 덩어리를 커피에 찍어 나눠먹으며 서너 시간씩 죽 때리곤 했다 비속어지만 달리 어떤 표현을 쓸 것인가.

문제는 8명이 동시에 사라지면 눈에 쉽게 띈다는 것. 또 쟤네들 사귀냐? 하는 주변 시선도 신경이 쓰인다는 점. 그래서 우리는 적당히 알아서 시간을 분산해 <다전 다방>을 찾았고 슬슬 오픈하는 집이 많아지는 오후가 되면, 낮 동안 맥주 대신 커피를 파는 <카이저 호프> <약속> <스페인> 같은 곳으로 자리를 옮겼다.

오전에는 서로가 서로를 찾는 것이 어렵지 않았다. 문을 연 곳이 <다전다방> 뿐이었으니까. 하지만 오후가 되면 사정이 달랐다. 우리도 여자 넷 그 애들도 남자 넷 대체 얘네들이 어디 있을까 궁금해 하며 노량진 거리를 배회할 수밖에.

삐삐도 핸드폰도 없던 시절이었고 무엇보다도 우리는 아무 관계도 아니었다. 그냥 자주 몰려다니는 한 무리의 여자아이들과 한 무리의 남자아이들일 뿐이었으니까. 하지만 그건 겉으로만 그런 것일 뿐 각각의 아이들은 모두 열심히 사랑의 작대기를 이곳저곳으로 뻗고 있었다, 모두가 알면서 모두가 모른 체했던 그런…

그런데 참 신기하지.

그 넓은 노량진에서 우리가 여자 넷 그 애들 남자 넷의 향방을 궁금해 하며 골목을 나서기만 하면 거짓말처럼 건널목 건너편에 그 애들이 서있었다. 그럼 우리는 엄청 반가운데도 조금 반가운 척하며 근처의 단골집으로 스며들어 하염없이 시간을 죽였다.

우리에겐 암묵적 합의가 있었다.

비록 땡땡이는 칠지언정 음주나, 연애 같은, 재수생의 금기를 침범하지는 않겠다는 마지막 자존심 같은. 그런 각오로 어둑어둑한 카페에 모여 앉은 우리는 주로 이런 저런 게임으로 시간을 때웠다.

성냥개비 세 개로 순서대로 돌아가며 기호 만들기 내 천자(川), 석 삼자(三), 도로 안전 표시판(△), 한글 아어오우(ㅏㅓㅗㅜ)의 모음 같은…

롤링 페이퍼 상대방의 장단점 써주기, 10년 뒤의 모습 상상해주기…

당시 유행하던 TV 드라마 속의 인물을 우리 8명으로 캐스팅 하기… 뭐 이런 게임들이 기억에 남는다. 그때의 게임 중 내게 많은 생각을 하게 해 준 것이 있다.

한 번은 서로의 장단점 써주기를 했는데 한 친구가 이렇게 썼다.

안소연의 장점: 솔직하다
안소연의 단점: 너무 솔직하다.

또 김수현의 히트작 〈사랑과 야망〉이라는 드라마 속 인물을 우리 8명만으로 캐스팅해 본 일이 있는데 나는 은환이 세상 청순가련한 여자. 당시 배역 김청와 파주댁 세상 시끄럽고 억척스런 여자. 당시 배역 김수미에 동시 캐스팅 되는 기염을 토했다. 은환이와 파주댁이라….

그때 나는 너무 어려서 이 두 결과가 말하는 깊은 철학적 의미를 이해하지 못했다.
한 사람 안에 많은 것이 들어있다는, 한 사람의 어떤 특질은 동시에 장점이기도 하고 단점이기도 하다는… 사실을.
시간이 흐를수록 나는 깨달아 갔다.
아, 내 안엔 파주댁과 은환이가 다 들어있구나.

내 솔직함이 다른 사람들을 난처하게도 하는 거였구나…

아무 생각 없어 보였던 십대 끝자락의 재수생 내 친구들은 의외로 뛰어난 통찰력을 갖고 있었던 거다.

흠….

미안하지만 이게 내가 소개하려는 그 시절 이야기의 전부다.

끝으로 이 서론만 무지하게 길었던 일화에 대한 나의 감상을 덧붙인다.

나는 그때의 우리를 만나게 해 준 것이 육감이었다고 믿는다. 일종의 텔레파시 같은 것이 그 시절엔 존재했다고. 간절히 원하면 서로에게 가 닿는 미세한 전파 같은 것이 분명히 존재했던 거라고.

하나의 존재가 동시에 여러 곳에 실재하는 세계, 빛이면서 파장이고 파장이며 빛인, 관찰자가 있느냐 없느냐에 따라 행동이 변하는 그런 이해하기 힘든 원자들의 이야기를 여러분도 들어 보셨을 줄 안다.

미시 우주에 존재한다는, 그 어떤 말로도 설명이 힘든 일들이 지금 우리 주변의 현실에서도 일어나고 있을 것이다. 그러나 지금 세상은 그런 신비한 일들을 느낄 겨를도 없이 모든 것이 너무 빨리 착착 이루어진다. 아니, 나만 그렇게 느끼는지도 모른다. 사는 게 바빠서, 삶에 치여서… 어쨌든 이런 지금의 나는 참 멋대가리 없다.

음…
역시 세 줄로 요약할 수 없는 시절의 이야기를 글로 쓰려한 건 무리였다. 어떻게 마무리를 지어야할지 알 수가 없으니 말이다.
그래서 나는 그냥 그 애들의 이름을 불러보려고 한다.
그때 그 시절 같았으면 나의 무기인 솔직함으로 그중 사실 내가 제일 좋아했던 아이는 누구라던가… 하는 쓸데없는 얘기를 덧붙였겠지만

이제는 안다.
그런 솔직함은 유용하지도 아름답지도 않다는 것을. 그리고 이제 와서 생각하면 참 이해하기 힘들지만 그 시절의 우리는 한 사람이 동시에 여러 사람을 좋아하는 일이 가능했던 것 같다.
나도 그랬고 다른 친구들도 그래 보였으니까. 시간이 많이 흐르고 나면 그중 한 사람의 이름만 남겨질 수도 있겠지만…
분명히 십 대의 어느 지점쯤에서 우리는 그런 이상한 사랑을 경험한다.

자,

윤동주의 별 헤는 밤은 아니지만, 그런 아름다운 글은 죽었다 깬대도 쓰지 못할 테지만, 그리운 마음의 크기만큼은 크게 다르지 않을 터이니 떨리는 마음으로 그 애들의 이름을 불러보련다.

수연이
윤정이
은하
한정이
정우
성준이
한울이

적어도 내 안에서만큼은 그날의 노량진이 영원히 찬란하다.

Café Street

RESTAURANT · CABARET

그를 만나고 말 테다!

초판 1쇄 인쇄 | 2019년 7월 18일
초판 1쇄 발행 | 2019년 7월 24일

지은이 | 안소연
펴낸이 | 임종원
펴낸곳 | 문학의문학

등록 | 제5100-2015-000070호(2014년 2월 6일)
주소 | 서울시 마포구 토정로 222 한국출판콘텐츠센터 4층 422호
대표전화 | (02) 722-3588
팩스 | (02) 722-3587

ISBN | 979-11-87433-17-0 (03810)